收穫的喜悅

陳順德散文集

陳順德 著

自序

在建國百年裡出版書籍，具有特殊的意義。近日將這些年陸續寫下來的文章整理出來，約六萬餘字，於是趕快將一些未完成的作品，再加以潤飾增刪，一本書的架構大致完成，我的第二本書終於誕生了，正逢擔任教職邁入四十年，可作為獻給自己的賀禮。

這本書名來自經營學校的理念，自從接任正義國小校長以來，營造舒適溫馨的學習園地，建構精緻化小校特色，要如何將自己的辦學理念實現，讓家長和學生樂於接納轉化為力行的動力。在生命中源自努力的耕耘才能享受收穫的喜悅，在人生的道路上應該要積極上進，努力不懈，才能活出自己的一片天。人生好比是一塊農地，唯有細心耕耘，灌溉，才能得到最甜美的果實。自古至今不變的法則，我們不應該違反此一哲理，以生命教育為根本，朝向永續發展的方向前進。

本書包含三部份，輯一「生活隨筆」為記錄生活上的點點滴滴，隨性敘述心裡的話語，其中有親情互動，有一些對週遭生態的描述，喚起大家對生長的土地多一分關懷，享受成長及收成的喜悅，領悟了關愛生命的可貴，認清了唯有耕耘才有收穫的道理。輯二「海外旅遊」為擔任教育局課程督學期間，帶領國教輔導團赴台省參訪所見所聞，或海外旅遊札記，以及近來常赴大陸參訪旅遊。輯三「校園文集」為本校每月出版「正義快訊」及每年出版「正義兒童」刊載的文章，每期必須想個適切的題目發表，與家長、學生溝通及勉勵的話；每年對畢業生的贈言以及出版學校刊物的序言，將這些小短文匯集起來約有二十餘篇，內容極富教育性。

一般來說，作者寫作的過程雖然辛苦，但是內心充滿收穫的喜悅。當整理匯集成冊時，不經意發覺即將邁入老年了，在生活隨筆內有幾篇家庭親子互動的描述，以至長大後成家立業，流露親情的可貴，真情的描繪，希望給讀者正面的迴響，有和諧的家庭，才能孕育好的下一代，將來對社會才有所貢獻。

年輕時疏於紀錄平日生活點滴，這些文章都是年過半百才提起拙筆抒寫，這十年來寫作自覺略有心得，雖非佳作，自己卻感到滿意。最起碼少浪費許多寶貴的生命，在閒暇之餘回顧省思過去的作為，抒發內心的想法，讓這些文章傳給子子孫孫，看到前人走過的蹤跡，留下一些值得紀念的篇章。

本書倉促付梓，疏漏之處在所難免，期盼先進不吝指正，謹以為序。

陳順德　二〇一二元旦

收穫的喜悅——陳順德散文集

輯二　海外紀行

輯三　校園文集

輯一

生活隨筆

發揚浯島文風

國立金門技術學院學人宿舍「楊忠禮園」揭碑啟用典禮，在金門各界首長觀禮下，隆重舉行。典禮中楊僑領致詞時強調金門技術學院肩負時代使命，以培育金門子弟為榮耀，他略盡棉薄之力，期望學校能成為一所卓越的大學，與世界接軌，讓金門名揚於海內外。

創校大功臣黃廣志校長當年播下的第一顆種子，歷經十年的耕耘，在李金振校長領導下，終於有了屬於金門人的大學，目前校舍初具規模，可以稱是金門子弟的福氣，延續金門自明清以來鼎盛的文風，再創造輝煌的歷史。

這一天是楊家大喜日子，除了「楊忠禮園」揭碑啟用，正逢「楊氏明馨祖祠暨楊清廉紀念館」落成典禮儀式，現場貴賓雲集，來自本縣楊氏宗親會代表，海外回國的馬來西亞金門會館組成的慶賀團，讓小小的東堡村落擠滿了賀客，喜氣洋洋。典禮中楊僑領表露出他對父親楊清廉的懷念之情，圓了他父親落葉歸根的心願。紀念館展示其先父母的生平事蹟，在異國創業的艱辛過程，以及今日輝煌的事業成就，希望後代子孫秉持先人的志業，發揚光大，永遠緬懷祖德，飲水思源的心意。

從楊忠禮的回憶錄看到其集團事業發展之大，他所秉持的誠信是成功的先決條件，娶到賢內助陳開蓉女士，教育界出生的她，相夫教子，培育了七個優秀的子女，受過高等教育，才有能力分擔他龐大的事業。在李金振校長的介紹下，更讓我們認識陳開蓉女士如何細心教導其孫子，甚至幫每個孫子修剪頭髮，拉近親情融洽的場景，從小教導不忘本的思想，讓後代了解祖先來自金門。家譜依照輩序稱呼，重視家庭倫理道德，世代交替，源遠流長。這些是目前海外華僑以至國內最被忽視的教育理想，更值得現今你我省思的課題。

我們感佩楊僑領創造企業的版圖，為金門人爭光，在世界擁有一席之地，在他事業有成後，衣錦榮歸，大手筆回饋家鄉，捐資興學，興建紀念館，重建宗祠等義舉，慨捐數千萬元，是歷年來華僑捐獻最多的款項，感動所有的金門人。他雖然在馬來西亞出生，永遠緬懷祖德，心懷故鄉，令人感佩。以現今政客為選舉而忘本的做法，更忘記先人奮鬥的偉績，感到可恥。我們感念楊僑領的義舉，成為我們教育下一代的典範，更應該懂得感恩惜福，飲水思源。

二〇〇七年十一月十五日寫於陽翟

金門首屆國際馬拉松賽

二〇〇八年的開頭舉辦首屆國際馬拉松賽，意義非凡，共創了幾項紀錄。以區區的一個小島，人口只有四萬多活動人數，竟然有兩萬三千多人參加，打破金門有史以來參與體育競賽最多人數紀錄。共有十七個國家參與比賽，與廈門同日舉行，具有特殊的意義。國立金門技術學院承辦本次競賽，圓滿達成，值得慶賀！

金門酒廠是最重要的贊助廠商，今年突破一百一十二億元銷售量的業績，實在可喜。這次的活動更打響金酒的知名度，媒體爭相報導，以大陸廈門廣電集團為主，與東森電視結合，傳播至大陸各地。據報導投入四千餘萬元經費，至少有八億元的宣傳效果，十分值得。

馬拉松賽的前一天，我有幸被派為司機，搭載全國馬拉松賽委員會張秘書長及廈門廣電董事長，沿著比賽場地察看，所經過的道路大多有行道樹，車輛也少，是最佳的比賽場地，他們均讚譽有加。比賽當天，不斷湧入人潮，現場報名至少超過萬人，幸好選手們井然有序。八點整李炷烽縣長首先致詞，感謝承辦單位的用心，贊助單位的配合及全體軍民的參與，讓大會順利進行，開啟了第一屆國際馬拉松賽盛事。

馬拉松運動是一項極其考驗耐力的長跑運動。起源西元前四九〇年，希臘聯軍在馬拉松戰役中擊敗入侵的波斯軍隊，取得希波戰爭的決定性勝利。傳說希臘傳令兵費迪皮迪茲帶傷從馬拉松跑回雅典宣布勝利，之後力竭而死。根據在馬拉松戰役當年出生的歷史學家希羅多德的記錄，雅典傳令兵費迪皮迪茲實際奔跑的路線是從雅典到斯巴達，目的是請求斯巴達的援助。後來形成的「馬拉松的傳說」首次見諸於一世紀時，進而成為馬拉松運動的起源。現代馬拉松在一八九六年第一屆現代奧林匹克運動會時就成為比賽項目，並在一九〇八年夏季奧林匹克運動會被確定為現在的長度，大約為四十二公里長。

以一個小小島嶼能舉辦世界性的比賽，實在是不容易。除了動員金門技術學院的師生外，來自台省的體育界先賢們加入籌劃，讓賽程順利圓滿。馬拉松比賽可以稱得上是全民運動，分為競賽組與健康組，讓民眾走出來運動，達到健身的效果。

二〇〇八年一月五日寫於陽翟

婚嫁

明天就是九十七年元旦，正是我與內人結婚三十週年紀念日，一般稱為「珍珠婚」。三十年前的今天，參加縣政府舉辦的元旦集團結婚儀式，由譚紹彬縣長親自主持，約有五十對新人參加，在金防部李家馴司令官等各界首長來賓觀禮及親友的祝福下，完成了婚禮，全場喜氣洋洋，熱鬧非凡，讓我們留下永恆的回憶。

婚禮結束之後返回碧山老家，在親友、媒婆、伴娘、花童的陪同，以及樂隊的引導下，前往宗祠祭拜祖先，隊伍浩浩蕩蕩出發，先後祭拜大宗祠、小宗祠及鄰居私祖。分別於中午及下午宴請賓客，那時發出的帖子較少，算是簡樸的婚宴。晚宴後，親朋好友前來鬧洞房，主要是看看新郎與新娘出糗的場面，增添婚禮熱鬧的氣氛。

家人依照傳統古禮進行，婚禮前一天，先備妥女方要求的豬肉與禮品，送至女方家，以作為答謝親戚的賀禮，如此稱之為「放定」，並載回女方陪嫁的嫁妝。男方這一天準備豬羊牲品及金帛，酬謝玉皇大帝。晚間親友協助懸掛舅父對聯於廳堂，張燈結綵，並先宴請幫忙的親友。結婚前夕，先在親族中挑選一位面相姣好，活潑可愛，父母雙全的男孩，以肖龍者為佳，與新郎齊在洞房內同榻而眠，稱之為「翻鋪」。這項習俗為祈求新娘來日生下一位白白胖胖的兒子。

我們歷經三十年的歲月，夫妻倆攜手共同建立這個幸福的家，體認生兒育女的甘苦，如今二男二女皆已長成，盡了為人父母的職責，至少先做到「齊家」的理想。夫妻的相處是一門人生必修的課程，所謂一日夫妻百世姻緣，百世修來同船渡，千世修來共枕眠。今天我們看到社會上有慶賀鑽石婚的夫妻，羨煞多少人；當然也有曇花一現的婚姻，閃電結婚又離婚，是何等的虛偽，如同兒戲一般。

新世代把婚姻的價值給扭曲了，許多抱持終身不嫁娶的單身「異」族，或者把結婚當成兒戲，雙方意見不合便鬧著離婚，各奔西東。不負責任的作法，傷害多少無辜的孩童，造成許多的問題孩子，讓社會付出更大的代價。六十年代的婚嫁出現所謂「三八制」，男方必須籌好八兩金飾，八千元台幣及八擔（八百斤）豬肉送至女方家，作為下聘之禮，如同買賣交易一樣，家庭較窮困者只有成為光棍的份了。

古人常言所謂不孝有三，無後為大，此意道出傳宗接代的重責大任。今日少子化日益嚴重，除了價值觀偏差，養兒育女的成本較高，也是其中原因之一，再一方面男女教育水準差異太大，造成晚婚或迎娶外籍新娘成為流行，成了一股歪風，難怪社會出現許多高齡的老姑婆。

以一位現實活生生的例子，從小幫家裡洗衣服並分送到街上商家，看她每天陪著母親推著大包衣物，由小孩變為大人，也有三、四十來歲，至今尚未嫁人，真不知何去何從。做父母也有無力感，總不能白白把女兒送給人家。

生長在金門的婦女，早在一、二十年代遭逢男丁為了生計，下南洋謀生，拋妻離子，妻子長年獨守空閨如同守著活寡，難得有一個完整的家庭，是那一年代的不幸。國共對峙期間，也發生許多不圓滿的男女關係，有的因家長反對而使用暴力解決，悲慘的案件歷歷在眼前；有的被花言巧語所騙而流落異鄉，時有所聞，這些令人難以遺忘的個案，深深烙印在身旁的親人。

男婚女嫁本來是天經地義的事，有情人終成眷屬是每一對熱戀情侶的願望，透過雙方的交往，相互了解，共同創造美好的人生，才足以維繫幸福的家庭。

二〇〇八年一月二十五日載於《金門日報》浯江副刊

我的第一本書

這本書的出版完全是長慶兄鼓勵下的產物，真不敢相信終於有了自己的著作，書名為「永恆的生命」，從文章中喚起大家對生命的尊重與珍視，用心的自我省思、學習與成長，以開啟生命智慧之鑰，讓人性的光輝豐饒所有的生命。

當初投稿言論廣場是捧林怡種主編的場，才下筆書寫，接著《金門日報》開闢鄉土專欄——金門憶往及言論廣場，賣力書寫，積極投稿文章，累積至今總共有七萬餘字，分為二輯，第一輯為散文，第二輯為教育文集。在長慶兄的安排下，找到秀威出版社印刷，在黃姣潔小姐細心校對下及封面設計，大功告成。

在後記寫道：回顧半世紀的歲月裡，總有許多令人值得回憶的甜蜜往事，尤其從事教育工作三十餘載，更有述說不完的心路歷程，希望藉由這枝笨拙的筆，記錄過往的生活點滴，以知所省悟與感恩，並勉勵後代的子孫要謹記前人曾經走過的足跡。這些是用金錢無法買得到的，人生是短暫的旅程，寫作能讓我停下腳步，加以思索省悟。

寫作的過程中，你會查詢許多有疑慮的問題，無形中自我成長，審慎使用語詞，語文能力也顯著提升。身為教育工作者，當成是教育孩子的活教材，常引用書中奮鬥的過程，勉勵同學奮發向上，成為有出息的人。凡走過必留下痕跡，不加以紀錄也只是空談而已。

我曾經上網查詢，可以找到多筆個人的資料，這本書成了最佳的宣傳工具，透過網路世界傳播至國際，廣為流傳，增加我的知名度，是我未預料的事。當然更增添信心，希望未來持續的發表新的作品，再出版第二本書。

《金門日報》曾刊載長慶兄的「省悟與感恩」為我評論這本書，親朋好友以驚奇的眼光看待，大多不知我會寫作，想不到我會出版新書，紛紛致電祝賀，向我索取新書，這本書成了我致贈親友最佳的伴手禮，希望有更多的讀者分享我的生命歷程。

二〇〇八年一月三十日寫於陽翟

出洋客

自小常聽村內的鄉親談論「落番」奮鬥的故事，敘述南洋客返鄉的盛事，想像中的南洋是多麼的富有，二十年代匯款興建洋樓的盛況，籌錢興學義舉等，讓金門人津津樂道。近年來接觸到南洋返鄉的僑客，以及親自赴南洋參訪以後，更深一層了解出洋客的辛酸史。

早年的金門島由於人口多，地質貧瘠，謀生不易，加上當時政局不穩，在清朝道光年間海禁大開，金廈咫尺，航路暢通，因此紛紛往外遷移，尤以南洋謀生居多。從片面的資料得知先人如何遷徙的艱苦歷程，先民如何移民南洋各地。明清兩代至民國初年，陸續遷徙台灣澎湖、菲律賓、新加坡、印尼、馬來西亞、泰國等地，繁衍子孫不知其數，難以估算。

金門人移民南洋的年代，自明、清、民初，不曾中斷；民國三十八年，國共戰爭，金廈水域斷航，兩岸兩個政權形成，阻絕了金門人往南洋之路。當今新加坡、馬來西亞、北婆羅洲、印尼、菲律賓諸域的金門族群，絕大多數是民國三十八年以前的遷居者，新加坡係金門僑民主要匯聚區，約十餘萬人之多，其次馬來西亞、北婆羅洲、印尼，都各有數萬人以上的金門族裔人口。他們先從金門搭乘較小的船隻抵達廈門，再從廈門轉搭輪船遠渡南洋，在碼頭揮別家人時，送行的親人互擁而泣，場面十分悲悽。

每逢年節到來，南洋的堂兄透過「三益」等行號匯來的錢，敘明要祭拜祖先及生活費之用，收到款後我順手回信，述說家鄉的近況及感謝的話語，再交由信差帶回寄返南洋。這筆錢來得正是時候，對一般貧窮人家是及時雨，村子裡有多戶人家獲得僑匯的恩賜，改善了當時窮困的生活。

那年代已有家室的男丁，為了生計而拋離妻兒及父母，隻身遠赴南洋，從此了無音訊，另外娶了當地的女孩，重組家庭，成了負情郎，讓故鄉的妻子獨守空閨，終身不敢改嫁，終日期盼丈夫何時返鄉團圓。孤獨的妻子必須擔負丈夫侍奉公婆的職責，含辛茹苦養兒育女，不敢逾越道德規範，以致年老而終仍不能見到丈夫一面，為名符其實的活寡婦，何等的悽慘！如此編織了無數個悲情的故事，在金門的坊間流傳著。

村裡就有一位過世不久的大嬸，丈夫一去不復返，自年輕起守寡，親自侍奉婆婆，一手把兩個兒子撫養長大，並成家立業，到了晚年卻不能獲得媳婦子孫的孝敬，送往安老院安置，度過悲慘的晚年，走完人生的旅程，從來不曾聽到她怨嘆的聲音，令人唏噓！

自年輕下南洋經過多年的奮鬥，成為富有的老人，能夠返回故鄉、落葉歸根、安享晚年的可以說寥寥無幾。有許多人離鄉多年仍然一事無成，客死他鄉，可見當時出洋客在海外謀生的艱難。

前年有一位遠從馬來西亞返鄉的僑親，回來參加世界金門日，只知道祖籍是碧山，不知是哪一房派的後裔，經翻閱族譜資料，才知道其祖父早年離鄉赴南洋，另外娶當地的女孩，把這秘密一直隱瞞其子孫，目前事業有成，返鄉尋根，才揭開此一秘密。

少數飛黃騰達的華僑，便匯款回故鄉興建洋樓，以碧山為例，陳睿友先生為典型的例子，當他創業有成，積資匯款興學，嘉惠桑梓，創辦「睿友學校」。陳睿友先生幼年隨舅父赴南洋謀生，開設「金和美」商號，經營有成，積資辦學，造福家鄉子弟，委託陳德幸先生籌建，耗資兩萬銀元，校舍規劃有禮堂、教室、宿舍、升旗台、運動場，佔地約二十公畝，學校於民國二十五年竣工，並聘請廈門師資前來授課，招收本鄉及鄰村子弟就讀，成為金沙地區少數私人創辦的小學。招收的學生遍布山后、山西、東西山前、東店、東珩、田埔、大地等村落，當時就讀免收學費，曾接受陳嘉庚的經費補助，辦學環境相當良好，校長聘任十分嚴謹，在二、三十年代可說是破天荒之舉，直接影響碧山的求學風氣，以致後來人才輩出。

碧山人提起睿友學校莫不引以為傲，在這學校讀過的學生遍布在教育界及政壇上，且都頗有成就，讓碧山的子民揚眉吐氣，睿友學校不但嘉惠本村學子，連鄰村的子弟都來就讀，造就了無數的學子，如今多少人心存感恩，感謝睿友先生回饋家鄉的貢獻。從學校主體建築的山頭上，彩繪國旗及國民黨旗，可看出僑胞愛鄉愛國的情懷。山頭的頂端有地球的裝飾，具有世界大同的理想。如今我們緬懷睿友的後代對教育的貢獻，並力圖回饋故鄉的子弟，讓睿友的精神源遠流長。

其次，碧山最為人稱道的是「陳清吉洋樓」。陳清吉先生自小赴南洋謀生，從端茶掃地做起，後來經商致富，於民國二十年建造的洋樓，氣勢雄偉，佔地寬廣，並有完整的庭院。融合中西建築特色。洋樓的門楣上，起造的華僑以英文寫著「Union is strength」（團結就是力量），更見證了當年華僑緊密的向心力。這樣的僑鄉文化反映了近代僑匯經濟時期的文化特徵與中西合璧的洋樓，在現今更是彌足珍貴。

前年金門宗族文化協會一行二十餘人，到達砂磱越的古晉市，參加十五週年慶祝大會上，會長致詞時敘述先人開拓的艱辛，特別強調金門蕃薯的繁衍精神，華僑的心永遠與金門聯在一起，台上布置了一句「露從今夜白，月是故鄉明」道出了旅居在外思鄉之情。在宴會言談中知道華文學校在馬來西亞不被重視，高中畢業學歷不被承認，讀大學得到台灣來就學或留學外國，歷經許多困境才學成回國的困境；並論及僑親在當地奮鬥的辛酸史，如何組織僑團，團結僑胞的經過，令人感動。

當時的華僑，在國外的處境，不僅相當的艱苦，有不少還相當的悲慘。例如當時在美國的華僑，有許多都是因為國內無法謀生，為求生存而向海外發展，因而被當「豬仔」賣到美國去做苦工的，像那些在美國被驅往築鐵路的華工們，完全是在慘無人道的「奴工營」中工作，那些鐵路的每一根枕木之下，都染有華工們的鮮血。在南洋的華僑多數從事苦力工作，在碼頭搬運貨物，得到微薄的薪資，甚至有的被賣到荒島從事苦工，從此消失在華人之中。當時的華僑們在海外捱受著這樣痛苦的生活，飽受外人的欺凌。華人有時候會受到敵對的眼光與歧視，時常是海外華人與本土主義者的爭論點。一個主要的爭論點就是海外華人對經濟的不成比例的影響力，以及他們對於後代的主體意識。如一九九八年印尼排華事件與馬來西亞的五一三事件就是這些爭論點所引起的例子。

民國三十八年前，金門人以南洋為移民地，八二三砲戰後，轉以台灣為遷徙地。民初至三十八年前，移民南洋地帶的金門人，頗多經商有成，如新加坡大華銀行集團主席黃祖耀、東風集團主席林蔭華、太平洋機構主席張允中，印尼咖啡王國締造者黃啟堂、丁香大王黃木榮，汶萊丕顯甲必丹林德甫、拿督王金紀，馬來西亞丹斯里拿督楊忠禮等，都是祖籍出自於金門、知名於南洋的大企業家。

這些出洋客成為中西文化交流的使者，一方面開辦華文學校，保留祖國語言文字、傳統禮俗和倫理道德；一方面學習和吸收當地文化逐漸與當地融為一體，共同創建美好的生活。我們感佩僑胞們創造企業的版圖，為金門人爭光，在世界擁有一席之地，對國家十分關切，也曾經為推翻滿清政府參加革命行列，表現愛國情懷，如山后民俗村的王國珍與王敬祥父子，在日本神戶資助國父革命事蹟，並且興建山后十八間宅厝給予族人居住。

金門也成為不折不扣的典範「僑鄉」，形成特有的僑鄉文化，表現在洋樓建築、服飾、語言、飲食等層面。這些華僑保有金門傳統刻苦耐勞的精神，在他事業有成時，衣錦榮歸，大手筆回饋家鄉，捐資興學，興建紀念館，重建宗祠等義舉，慨捐善款，感動所有的金門人，許多僑客雖然在異國出生，內心永遠緬懷祖德，心懷故鄉，令人感佩。

二〇〇八年三月二十七日寫於陽翟

四川震災

五月十二日下午，從網站上得知四川發生七點九級的地震，內心就聯想此次災情一定很嚴重，其威力是台灣九二一地震的五倍，剛開始似乎沒有任何災情報導，直至傍晚才陸續傳出災情，回家以後守著電視機觀看一幕幕災情報導，內心十分悲傷。

九年前台灣中部發生大地震，那一天我正夜宿台北市，被突來的地震驚醒，連忙起身查個究竟，靜觀其變，第一次感受地震的可怕，經過幾次餘震後才停止，全市陷入一片漆黑，打開收音機才知道事態嚴重。隔天開始看到山崩地裂，房屋倒場，各地傷亡慘狀的畫面，驚心動魄，一晃之間天人永隔，令人悲悽。

三十二年前唐山大地震奪走了二十餘萬人的生命，當時大陸封鎖消息，讓世人無法了解實際的災情。這次允許外國記者前往採訪，讓四川地震災情迅速傳至世界各地。四川震災以汶川及北川縣受創最嚴重，許多災民無助的對著這一片廢墟大喊親人的名字，卻怎麼樣也得不到回應，只能靠著自己的雙手雙腳來回尋找親人。聯外橋樑碎成一片片，路上滿是掉落的巨大石塊，在這裡的物資最缺乏，要什麼沒什麼。被埋在瓦礫堆中的人，時間越剩越少，僥倖活著的人，對物資的需求越來越迫切，正考驗中國政府的救災能力，剛開始婉拒外國救難隊支援，錯失救援黃金時刻。

參與救難的官兵們肉體跟心理都承受莫大的壓力，不只要步行跨越落石塌陷、道路全斷的災區，還要想辦法闢出一條救難通道，目睹一幕幕不是生就是死的畫面，只能靠著信念，咬緊牙根全力以赴。四川強震發生之後，大陸官方強力動員官兵們進入第一線救災，幾天來官兵不只負責救援傷患、運送物資，還要照料民眾，有士兵在救援過程中受傷死亡，讓同袍傷心昏厥。

當地災民在撤離的過程中，有一位受傷的小女孩，體力不支走不動了，武警趕緊拿出自己僅有的粥，親手餵小女孩吃，畫面讓人深深感動。有的孩童被救出時展現勇敢的精神，有的為保命而親手截肢，有老師為保護學生以肉體擋住掉落磚石而犧牲性命，生與死一線之隔，讓人不勝唏噓。

災區最需要的就是醫療用品、病床、食物及飲水問題，這次四川大地震，受創最重的災區，因為交通中斷，救援難以進入，延遲搜救的時間，中共總理溫家寶在第一時間趕赴災區前線慰問，安撫災民，展現鐵漢柔情的性格，一面下令解放軍急速派遣災區，一面彎下腰親切慰問傷患及家屬，答應協助災民重建工作。

在台灣各地紛紛發起捐款活動，企業界慷慨解囊，籌得數十億台幣，表現兩岸同胞手足之情，國內宗教團體及救難隊前往救援，尤其富有救援經驗的慈濟功德會加入，穩定災民的心靈，逐漸走出傷痛的夢魘。

二〇〇八年五月十五日寫於陽翟

收穫的喜悅

來到正義這個學校，校地範圍較為狹小，因此校園每個角落都被充分利用。幼稚園旁有一塊空地，長久以來都長滿了雜草，於是我與同仁商量如何利用這塊荒蕪的土地，省得經常忙於除草。經過大家合力開墾，將雜草清除，做成一畦一畦的園地。

我們將園地分給各班一畦，製作班級牌標明班別，並且到農試所索取茄子、絲瓜、青椒、黃瓜、香瓜等十多種蔬菜幼苗，分給各班栽種，讓每位學童體驗田園之樂。每班自己分配輪流澆水、施肥、除草等工作，我發現孩子早晚會關心種的菜長大了沒有，菜園成了孩子喜歡去的小天地。

大家特地找了一些花生種子，教導小朋友如何播種，打著赤腳踩出低窪的坑洞，一顆顆種子投下去，用腳覆蓋泥土，用耙子耙鬆就完成了，同仁看了覺得很有趣，也上了一節農藝課。如何澆水、施肥也是要有技巧，過猶不及都會造成枝葉枯萎。在農家生長的孩子，大多懂得犁田、播種、收割等技能，一生當中永遠不會忘記，而且受用無窮。

春夏時節是萬物生長蓬勃的時候，眼看著作物漸漸長成，每班分組做紀錄並用相機拍下生長的變化。用竹竿架起圍籬，好讓枝藤攀爬，時間一天天的過去，枝葉也茂盛起來，花開了，果實漸長大。南瓜的枝藤爬滿一大片，最為茂密，雜草因此而無法滋長。一條條豆莢垂下來，一顆顆西瓜像球一樣膨脹起來，茄子長出一根根長條紫色的果實，收成最多的是小黃瓜，每天都可以採收。大家享受成長及收成的喜悅，領悟了關愛生命的可貴，讓孩子的心靈烙下深刻的印象。

為了讓學生觀賞多樣性的植物，陸續從林務所、農試所索取不同種類的植物，目前栽種至少一百多種，學校的每一寸土地都長滿生氣盎然的植物，除了美觀之外，種植的果樹結實纍纍，利用綜合活動時間，讓孩童參與採收，每個孩子都能分享收成的喜悅。每位學生皆認養校園植物，學會關心照料，愛護花木，耳濡目染中得到許多書本上沒有的知識，這也成了學校的特色課程。

勞動生活教育是學校課程的一環，有些學校因校地狹小而無法實施，從小培養勤勞動手的好習慣，是訓練未來工作能力的基本要求，身歷其境才能體會農夫的辛苦，了解「鋤荷日當午，汗滴禾下土，誰知盤中飧，粒粒皆辛苦」的意義。希望教育出來的不是一些茶來伸手，飯來張口的孩子。經過田園栽種的歷程，展現互助合作的精神，認清了凡事非不勞而獲，唯有耕耘才有收穫的道理。

二〇〇八年十二月十五日寫於陽翟

歲末感言

光陰如梭，帶走了舊年又迎接新年到來，每逢年關總是感觸良多，平時忙忙碌碌的工作，很有規律的生活，少去煩惱身邊的事，到了年終感受一年又不見了，該有所省思了。三百多個日子裡究竟在做些什麼，從事三十多年的教育工作，經歷過多少次教育的改革，社會不斷批判教育體制的弊病，這是多元社會的結果。由於國內教育普及，社會轉變迅速，資訊發達，要求標準過高，使人感到焦慮不安，人們越無所適從，越無法找到快樂和寧靜。在這一波九年一貫課程實施更是引起國人的批判，教育一樣擋不住時代的趨勢。

近來深切體認到未來國家主人翁的基本能力在衰退中，對生活禮儀不在乎，是家庭教養忽視造成的？還是社會教育失敗？多年來總覺得人格修養的養成最難，外界的利誘使他無法自拔，越陷越深，許多同仁感慨現在的孩子難教，不像往日孩子那種憨厚、天真無邪。似乎說小孩懂得很多、又說不出所以然來，缺乏誠信，不敢勇於認錯，似乎見怪不怪了。

今日的教育，由於過度強調智育，以升學為教育的唯一指標，結果疏忽了個人能力的開展，生活智慧的啟發，以及對生命的敬重與肯定。導致文化生態的扭曲，個人精神生活的空虛，道德責任的虛弱與貧乏。雖然我們一直強調五育均衡的教育，那只是空談而已，並未真正落實在學校生活教育。

前教育部長郭為藩曾說過，現今的教育偏重知識的灌輸，忽略了人格的薰陶，人文的素養是需要透過古典經籍、琴棋書畫、詩詞歌賦等文化素養的涵泳，也即是我國或西洋從文雅教育開始。目前大學也重視通識教育的推動，但也難挽回今日社會的糜爛。社會的種種亂象，以孔子的儒家思想去衡量，無法比擬。今日的社會看到吸毒飆車、亂倫等層出不窮，已經喪失傳統的倫理道德。

社會已沒有誠信可言，隨時隨地都可以接到詐騙集團的電話，花招百出，騙走了無數人的錢財，甚至許多因此欠債而走向絕路，害死多少生命與家庭。整個社會充滿不確定感，朋友互不信任，所謂上行下效，沒有高超道德涵養的領導者，怎有好的國民素養？

回顧三十年前的社會，雖然經濟欠佳，生活困苦，然而一般家庭十分儉樸，社會風氣崇尚勤儉，無所謂生存不下去而走絕路，或攜帶子女燒炭自殺的事件。我常思索，在位的領導者缺乏偉人的典範，一般平民百姓又如何因循，何時才能恢復過去的優良傳統？

如果僅靠學校教育進行改造，難有成效，唯有教育當局重視此一問題，全面檢討改進實施方式，透過媒體大肆報導宣傳，蔚為風氣，讓品德教育落實生根。

二〇〇八年十二月二十五日寫於陽翟

春曉

寒冬漸漸遠離，春天的腳步近了。當驚蟄時春雷響起，撼動了大地萬物，還在冬眠中的生物被雷聲震醒過來，樹上開始露出細白的嫩芽，顯得格外翠綠，人們也活躍起來，為春天的到來歡呼。

清晨掠過原野，一片霧茫茫的景象，樹上沾滿了露珠，灑了一地濕漉漉，嗅出春天的氣息。南風帶來濕潤的空氣，滋潤了大地萬物；鵲鴝早起吹起了口哨聲，取代了公雞的啼叫聲；遠處傳來牛的吼叫聲，正在呼喚同伴的到訪。

每當驅車上班，沿途見那一片綠油油的麥田，麥穗迎風飄動，陣陣的麥香飄來，心中無限舒暢，好想駐足欣賞一番。偶而看到一片波斯菊花海迎風招展，彩繪了這寬廣的大地，增添綠野上蓬勃的朝氣。現代機械化的耕作，顛覆傳統，造就綿延不斷的麥田，成為金門酒廠釀酒的重要原料。遠處傳來農夫趕牛的喝叱聲，傳統的犁田已少見，偶而見到正在播種的人兒，低頭播下種子，忙著春耕以期望好秋收。此景勾起童年農耕生活的景象，回憶起往日的景象。

路旁的耳挖草正盛開紫色的花，石斑木也綻放花朵，不落人後；校園內的羊蹄甲，開滿了粉紅色的花朵；街道旁滿樹金黃色的木棉花，迎風飄動；風鈴木樹上掛滿了黃色的鈴鐺，多少不知名的花兒正吐露芳香，不論你在何處都可以好好欣賞百花盛開的美景，好似桃花源的境界，讓金門自古以來，展現最美的時刻。

假日騎著自行車馳騁於公路上，宛如進入一條條綠色的隧道，兩旁的花草展露笑容，似乎迎接我們的到來。小馬櫻丹的紫花，金露花的綠葉，蔓花生開的黃花，紅葉鐵莧的紅葉，搭配著整齊的行道樹，一一的映入眼簾，成了金門公路上特有的景觀。

春天的到來，讓大地充滿了朝氣，人們也該展現出生命的活力。趁此美好時光與家人攜手共遊，欣賞大地的美景，「一年之計在於春」，好好把握每一時刻，莫虛度美好光陰。

二〇〇九年三月三十日寫於陽翟

野果

——自然速寫之一

童年時代的零食極為稀罕，滿山遍野的野果成了我們採食的對象，至今記憶猶新，每到野外踏青，或幫忙農事時，總會尋找它的芳蹤。一年四季裡都有不同的果實可以採食，因此從小對於這些生長在野外的水果特別有感情，品嚐它那鮮美的果實，別有一番滋味。

家的後山是一片叢林，小時候常和隔壁的小朋友穿梭林間嬉戲，或與家人來這裡撿拾柴火。每到初春，是雀梅和宜梧成熟的時候，熟了的雀梅果實是深紫色像黑豆一般，酸甜的滋味，隨便摘取就可放入口中，把嘴裡染成紫黑色；宜梧的果實形狀為橢圓形，枝頭上掛滿了橙紅色的果子，十分鮮豔；春末夏初，野地裡見到枝幹長滿刺的紅莓消，又名虎莓，鮮紅色的果實，讓人垂涎欲滴，非得摘它不可。

在太武山上難得一見的郁李（山李仔），近年來被喬木植物覆蓋，因此現在很難找到郁李的蹤影，果實成熟後由綠轉變為紅色，粒粒像紅色的珍珠，摘下來觀賞，捨不得品嚐它。每次登山時沿途可見長滿顆粒瘦小的桑椹，成熟時掉落滿地，實在可惜，一面爬山，一面伸手可摘下品嚐，是件快樂的事，成熟的果實也成了鳥兒們的佳餚。

生長在田埂上的番石榴，在盛夏的季節裡，趁著農閒的時候，到番石榴樹下找尋成熟鮮綠的果實，每當尋獲成熟的果實，內心說不出的歡喜，它散發濃濃的清香，用力咬一口，淡紅的果肉溢出香味，至今仍回味無窮。此外有一種生長力十分強的「火炭母草」，俗稱「白飯」，遍地都可找尋得到，果實由白色轉為黑色就成熟了，據說是野外求生最好的食物，隨處可見。

每當秋末北風起，農家收成甘薯的時候，削成一片片的安脯曬成乾，趁農閒時在草地裡摘取小葉黃鱔藤（黑染點），吃得滿嘴烏黑，十分好玩。拿著摘下一枝結果纍纍的蔓藤，在冬天溫暖的陽光下，坐在草坪上品嚐，享受那甜美的滋味。它是常綠蔓性灌木，匍匐在地面上，核果為長橢圓形，成熟時是暗紫色，目前田野間已經罕見了。

枸杞也是常見的植物，整株可作為藥材，葉片可摘取炒食，果實及根皮（地骨皮）當藥材，根可燉湯治肝火，十分有效，橢圓形的漿果，成熟時為紅色，十分甘甜。偶而在村莊旁發現整株成熟的小番茄，粒粒都是紅色的球形漿果，讓人垂涎欲滴，成了小時候最愛的水果。

這麼多種類的野果生長在自然環境下，沒有受到汙染，果實自然香醇，隨處可以任意摘取，鄉下的人們對其有著深厚的情感。隨著金門生態環境改變，植物群落受到外來種的侵入，以及植物間的排擠，外來植物的侵入，原生物種逐漸稀少，很難回復往日的生態環境。

小時候讀書較為重視語文和數學，自然生態似乎很少提及，不論動植物名稱都不熟悉，只用俗名稱呼，直到近年涉獵自然書籍，加上現行課程重視本土文化，才逐漸熟悉鄉土自然的奧秘。這些成了今天戶外教學的重要教學資源，隨機教學，更是親子活動的良好教材，是在地人應該學習的知識，了解週遭的自然生態，才能培養愛鄉情懷。

二〇〇九年四月四日載於《金門日報》浯江副刊

野花

——自然速寫之二

每當接待外地來參訪的朋友，對金門的綠化成果都讚不絕口，這樣的成果非一日造成的。我們終年享受這樣美好的環境，應感激前人投入的心血，方有今日綠意盎然、萬物競茂的景象。根據縣誌中記載，金門古時林木蓊翠，古有「仙洲」之稱。明清時期因濫伐以致童山濯濯，風沙交相為害，遍地荒蕪。國軍進駐金門後，積極種植林木，才有今天欣欣向榮的森林，本地的原生植物得以保存下去。

三月裡登太武山攬勝，總會看到遠處岩壁上開滿了一片紅色的花，在綠色叢中十分耀眼，那就是金毛杜鵑，其枝葉柔軟，平鋪在地面上，與一般杜鵑花大不相同。清明時節到野外掃墓時，總會冒出一簇簇的粉紅花，平時見不到它的蹤影，為了繁殖下一代，綻開其花朵，它芳名叫田代石斑木。

春季盛開的花多，以山黃梔、小金櫻、野百合、絡石、七里香、豆梨等為主，山黃梔香氣四溢，六片白色花瓣，容易辨識；小金櫻俗稱「白刺仔花」，枝幹有勾刺，盛開的白色花朵，把野地上染成白色的世界；野百合亭亭玉立，漏斗狀的白花，一枝獨秀；絡石是多年生纏繞性藤本的植物，白花攀附其他植物，密密痲痲的小白花，爬山時遠遠就聞到它散發的清香；豆梨的花似梅花，氣質顯得高貴。夏季裡以野牡丹、桃金孃、琉球野薔薇等為主，野牡丹有粉紅及白色兩種；桃金孃是粉紅色，鮮艷美麗；路旁開著小小的白花，則是六月雪的蹤影。

田野間長滿南國小薊，葉緣有細刺，農忙時手腳都會被刺痛，花的造型獨特，圓球狀粉紅色；村莊旁的蔓陀羅花，像百合花一樣，白色喇叭狀，小時候大人總告誡小孩子不可摘它，說是會打破碗，所以小孩子都不敢摘取，讓我印象最深刻。其實這種花是有毒性的，含有警惕的意味。

近年來在寒冬裡，不論氣溫極低，不畏寒冷，仍然開著小白花，孤立在草叢中，那是咸豐草，如梅花一般，越冷則越開花。

海濱的待宵花散布在沙丘上，不因乾旱的土壤而畏縮，展現特有的生命力，依然盛開著黃色的花朵，為一片如荒漠的沙丘帶來生機。繞在周圍的馬鞍藤，伸出長長的蔓藤，花朵像牽牛花一樣；另一種蔓荊是蔓性灌木，花為藍紫色，也是活躍在海濱的沙丘上。

許多生長在野外的花朵當然不如園藝栽培的蘭花、牡丹花、玫瑰花那樣華麗，成為花園內的主角，讓人們隨時可以觀賞其美麗。但野花其實有其獨特的香味、獨特的美，是一般栽種的花所不能比的。這些長年生長在荒郊野外，依著四季變化的時序、自由自在的野花，盼望著遇到知音的人來欣賞它。

二〇〇九年四月二十五日載於《金門日報》浯江副刊

重拾地方智慧，迎向生態永續

——永續河海城國際研討會

這次有幸受邀參與桃園縣、金門縣以及臺東縣共同主辦的「永續河海城國際研討會」，於台北國際會議中心展開為期兩天的研討活動，邀請國內永續城鄉風貌營造之產、官、學界菁英與來自日本、荷蘭及美國的國際知名專家學者，就「全球氣候變遷下的河域資產管理、海岸生態發展策略、聚落保存發展」等議題，透過深入對話，分享發展觀點與經驗，以期形成永續國土營造的具體行動方案。

今年五月本縣在金門技術學院江柏煒教授主導下，提出碧山聚落的「島嶼＊慢鄉」城鄉風貌改造計畫，榮獲優等獎及五千萬元的補助，也是繼陳景蘭洋樓修復工程——僑鄉文化的再現，積極爭取第二個補助案例。因此在李沃士縣長帶領之下，由工務局及五個鄉鎮工務課長，組成十五人隊伍參與盛會，汲取他縣寶貴經驗。據縣府許正芳課長稱，桃園縣政府為慎重其事，召開數十次會議，周詳的規劃，期望研討會圓滿順利。

第一天在桃園縣府安排下，參觀大溪後慈湖及大漢溪河岸步道規劃建造案例，實地走訪改造的成果，以作為大會探討的問題。難得一見慈湖後花園，它充滿神秘感，繞過一圈才了解當年先總統蔣公規劃因應戰時需要的建築，如今縣府整建為陳列老總統的文物圖片的展示館，沿途茂密的植物群及多樣性生物，成為各地訪客爭先遊覽的勝地。桃園縣政府特別整建一處全國捐贈而來的蔣公銅像園區，成了大陸遊客重要的參觀景點，更帶來地方蓬勃的觀光事業。我們順道參訪大溪老街，發展豆乾產業、木雕加工業，製造特有的神龕桌椅，極為有名。當地居民共同規劃參與，因此推動社區營造頗為順利。

第二天「永續河海城國際研討會」正式登場，邀請行政院秘書長林中森、內政部營建署署長葉世文、桃園縣副縣長郭蔡文、臺東縣長鄺麗貞、金門縣長李炷烽。行政院秘書長林中森蒞會致詞時表示，「透過本次會議，中央及地方政府將可汲取國外推動環境永續及綠色觀光的經驗，以在地的觀點創造具『獨特、深度、魅力』的城鄉風貌，更期待臺灣未來能成為地域風貌營造及綠色觀光發展的楷模。」

內政部營建署署長葉世文則致詞表示，「本次研討會最難能可貴的是中央及地方政府建立永續國土發展的共識，此外，透過學習國外推動資產保存、生態保育及永續發展的經驗，更讓全民瞭解到環境永續的具體作法。因此，營建署將以桃園、金門及臺東三個縣為起點，陸續推動相關計畫，將永續環境及綠色觀光的觀念推展到全國。」

在行政院秘書長林中森的見證下，由營建署署長葉世文、桃園縣副縣長郭蔡文、臺東縣長鄺麗貞、金門縣長李炷烽共同發表「永續——河・海・城——綠色觀光行動共同宣言」，以「決心、恆心、信心、用心」攜手合作，在「一點多心」的國土發展架構中，啟動地方特色發展，創造跨域合作效益，共同守護永續國土。共同宣言內容為經營河域文化，保育山林溪流，與河川共生；親近自然海岸，激盪黑潮文化，與海洋共舞；活化歷史風華，實踐永續生活，在島嶼慢活。打造節能減碳、深度體驗的旅遊環境，落實綠色觀光。

由營建署署長葉世文報告「台灣城鄉風貌改造運動十年有成」，自民國八十八年開始，即大力推動「創造城鄉新風貌計畫」，並自九十二年起，藉由競爭型提案機制，鼓勵各縣市政府積極發掘地方特殊景觀，今年度更以「落實國土永續、創造跨域合作」作為城鄉風貌營造的主題。涵蓋公園綠地、海岸景觀、文化特色空間、社區環境改造等，並舉出宜蘭河水岸改造、高雄市愛河改造等十幾個成功例子，認為推動城鄉風貌必須從心做起，先改變人的價值觀念，才能有效推展，重塑「文化、綠意、美質」的新家園。

第一主題由夏鑄九教授主持，荷蘭羅斯曼教授就「河域資產保存與發展新思維」為題，發表專題演講，如何做區域整合與城市發展，提出新的構想，特別舉出歐洲河域整治的成功案例。接著桃園縣城鄉發展處吳副處長就桃園縣如何連結大溪、慈湖與角板山資源，經營大嵙崁綠色資產廊帶，發展低碳旅遊環境的作法，發展優質觀光環境。

第二主題由郭瓊瑩教授主持，美國斯蒂芬總監演講「海岸生態永續發展策略」，提出佛羅里達海岸、印度東海岸、中國深圳等成功規畫案，從生態調查評估以至規劃施作，重視保育的功能，帶動社區發展及人文景觀維護。並由台東縣城鄉發展處許處長士元演講「太平洋海岸步道發展計畫」，如何透過建構臺灣第一條千里海岸步道，落實太平洋左岸的環境美學，親近海洋，體驗海洋生活文化。

第三主題邀請日本水岸景觀設計專家、日本鯨設計集團主持人岡村晶義以「島嶼生態保育與觀光發展——雨的建築術」為主題進行演說，該論壇由中原大學景觀系主任喻肇青教授主持，金門縣景觀總顧問江柏煒教授主講「金門碧山的傳統與未來」，金門縣副縣長楊忠全引言，討論如何以「島嶼・慢鄉」的概念，在金沙鎮的碧山村，以聚落再生成為海峽兩岸城鄉風貌競爭的學習標竿。

此次會議為了加速與國際接軌腳步，這次會議特別邀請區域整合與城市發展領域的國際知名專家學者，進行三場演講及與談討論，分享歐洲、美洲、亞洲的過去經驗與永續趨勢。面對全球區域競爭及氣候變遷的嚴峻挑戰下，期待以本次會議為起點，創造跨域合作效益，營造具地域精神的獨特風貌，落實環境共生，發展節能減碳的綠色觀光為目標，持續推動相關計畫，將永續環境及綠色觀光的觀念推展到全國各縣市，讓臺灣能成為全球永續發展及綠色觀光的典範。

碧山自九十一年由江柏煒教授主導辦理「碧山的呼喚」活動，引起各界的重視，目前在文化局規劃的縣定古蹟睿友學校終於動工修復，本計劃對全村地景的改造及洋樓修復利用，未來將以嶄新風貌展現其特色，可結合后扁海濱景觀及風力發電，連接山后民俗村成為休閒遊憩的新景點，更期望社區鄉親積極參與，營造一個舒適優雅的新家園，讓碧山成為世界級的觀光景點，指日可待。

二〇〇九年十二月二十二日載於《金門日報》言論廣場

童年往事

我自小生長於農家，世代以農耕為生，在貧困的家庭中長大，體會幼時生活物質的缺乏，從小一面協助家裡農忙工作，一面求學，至今仍記憶在腦海中，永難忘懷。父親在我讀國中三年級時因病而逝；母親在我就讀南師時病逝，受到交通影響，無法返鄉送她一程，多年來一直耿耿於懷。

家有兄弟姊妹七人，其中老三過繼叔父家。由於生計困苦，家裡也差點把我送給鄰居當兒子。大姊下嫁青嶼，至今已是祖母級的人物，我在讀國小之前是大姊的常客，總是住個幾天才回家。那時候來往的交通全靠雙腳，一趟路至少有六公里的行程，自小磨練出好腳力。

腦海中的童年生活似乎很平淡，沒有太多特殊的故事可敘寫，跟父母親之間的互動似乎很少，反而姊弟之間互動頻繁。平日少有零用錢，偶爾買個花生餅已經很滿足了。家裡種的花生、曬成的發粿乾片是幼年最佳的零食，每逢過年過節才有一餐像樣的饗宴。

小時候生長在農村，往往要隨著家人在田野耕作，那一幅田園歡樂的景象，永遠在腦中浮現，但在今日已是罕見的畫面。天真無邪的歲月裡，嬉戲的花樣真是無奇不有，捉鳥捕蟬，樣樣都做過，如今以筆墨加以記載。

夏天裡，趁著農閒的時候，在樹林裡捕捉熊蟬，牠們喜歡成群棲息在苦苓樹上，我先辨別發出聲音的位置，再悄悄的走過去，以迅雷不及掩耳向前捉取，便可以捕到一隻聲音尖銳的雄熊蟬。驚嚇的熊蟬飛走時必定是灑把尿，如果樹太高，便拿著一隻竹竿沾上黏膠，黏住熊蟬的翅膀，肯定斬獲；此外還有綠色的薄翅蟬、油蟬，顏色根樹葉一樣，具有保護作用，要仔細去找才能捕捉得到；在高粱田裡常有一大群蟪蛄，身上淡咖啡色，每到傍晚是最活躍的時候，很容易捕捉到牠的蹤影。

田裡常有挖掘的小坑洞，旁邊堆了一堆土，那是大蟋蟀、俗名叫「土猴」的傑作，牠們夜晚才爬出來覓食，經常危害農作物的幼苗。每天一早巡視農田，常見小幼苗被剪斷，整株作物枯乾倒地，令人心痛不已。因此農夫常拿起鋤頭把洞挖開，找出牠藏匿的地方，或澆灌水至洞內，揪出大蟋蟀來才肯罷休。其次也捕捉小蟋蟀當寵物來飼養，依循牠發出的鳴叫聲慢慢找去，聲音越尖銳越凶猛，鬥起來所向無敵。

每當相思樹開花時，成群的金龜子圍繞在相思樹花盤旋，極為壯觀。我們把捉來的金龜子，在腳上纏一條細繩，牠會繞著圈打轉，十分有趣。早期的芋頭田十分潮濕，每到春夏時候，大夥的村民到田埂溼地裡挖掘蚯蚓，作為鴨子的飼料，挖回一罐蚯蚓，一會兒被鴨子一搶而空。隨著時代改變，生態環境丕變，受到人們的污染所致，生物數量遞減，以金龜子、蚯蚓為例，不如往日隨處可找得到。

昔日童年歡樂的時光成了美好的回憶，至今常常浮現在腦海中，永難忘懷。這些往事成了與人交談的話題，也可作為現代自然課程的教材。

二〇一〇年十月十五日寫於陽翟

尋根溯源話族譜

金門具有悠久而傳統的宗族文化，在這一百五十餘平方公里的小島上，未受到大陸文化大革命及台灣社會改變的影響，保存諸多中原文化的宗族社會型態，如宗廟奠安、冬至祭祖、廟會慶典等，保存完整的傳統儀式。

金門宗族文化協會成立於二〇〇四年，為協助各姓氏編修族譜，了解宗族的淵源，保存宗祠文化等各種史料。曾經多次赴台省及大陸舉辦族譜展覽、出版專刊、編修文史工作等，透過廈門、晉江等譜牒學會的交流，了解大陸極為重視族譜的收集與保存。

族譜記錄了一個家族曲折的歷史，反映了一種文化傳統，是以記載一個姓氏的祖先名諱，及家族歷史為主要內容的一種文獻。族譜的內容，大致有以下幾個方面：

目錄、譜序、譜例、姓氏源流、先祖考辨、先祖圖像、像贊、世系表、恩榮、人物傳記、墳墓圖、族產、祠堂圖、五服圖、祭祀圖、藝文著述、家規族約、宗族禮儀、契約文書、書院義塾、後跋、領譜字型大小、雜錄等等。當然，各家各種族譜的內容有詳有略，並非每種族譜都有上述內容。

一般來說，大多數族譜都是依照血緣為紐帶，所記載的是同一祖先下的一支或數個支系家族的歷史。但清代以後，特別是現代的族譜，則多按地域來編纂，即以一個地域為限，記載在該地域內所有同屬於一姓的眾多家族。譜牒的體例，在古代有所謂蘇式譜和歐式譜之別。所謂歐式譜，是由宋代學者歐陽修所創，其體例是先列世系圖，然後再列每個人的傳記。蘇式譜是由宋代另一著名學者蘇洵所創，其體例則是在世系圖下注上人物事蹟，每五世一揭。現代民間修譜，大多仍用歐式，也有用蘇式的，另外還有章節式的新族譜。

中華民族自古就有編修族譜的傳統，而且把譜牒提到很高的地位，認為「家族之有譜牒，猶如國家有正史，州縣有方志」。因此又有「三十年不修譜，是為大不孝」的說法。族譜是家之大典，與祠堂祭典一樣重要，是十年修一次，還是二十年、三十年修一次，各宗族可視自己的經濟狀況而定。早在遠古三皇五帝時代，各個部族就有專人記錄本部族傳遞世系。到了夏商周三代時，國家還設有史官，專門記錄王室以及各貴族的世系，並彙集成書，如周代的《世本》，就是一部各姓世系總譜。魏晉時期，家族修譜之風興盛，於是在皇室和貴族世譜之外，又湧現了大批各姓的宗譜和各家族的家譜。此後數千年來，修譜之風在中國長盛不衰。

中國人對譜牒非常重視，舊時的家規族約中往往有對族譜保存的有關規定。但相對來說，古代人要比現代人重視譜牒，南方人要比北方人重視譜牒，小姓要比大姓更重視譜牒，海外的華人要比國內的人更重視譜牒。有的宗族平時還置有添丁簿，自六歲外，不論貧富、曾否上清明，俱登乳名、官名、嫡庶姓氏、生年日月，用備查考。為以後修大譜作資料上的準備。孩子出世以後，他的輩分早已排在了宗譜的「行輩歌」裡，大人為之取名也有章可循了。「行輩歌」是宗族為便於支丁取名而特別編制的一種歌謠，以保證宗族子弟的昭穆世次明確不亂。在「行輩歌」裡，每個字代表一個輩分，讀來琅琅上口，容易記憶。「行輩歌」都是代宗族立言，表達族人一種美好向上的願望，希望族人發揚祖先忠厚的美德，以保證宗族將來的興旺昌盛。

族譜文獻是一項很特殊的家族史料，有宗譜、世譜、族譜、家譜、家乘等不同名稱並存之現象。族譜舊稱譜牒，它具有悠久的歷史，其發展過程可分為上古、中古、宋元、明朝、清朝、民國以降等六大時期。在研究與利用上，正史、方志、家譜，已有被相提並論之事實與價值，它們都是屬於比較珍貴的歷史文獻。

二〇一〇年十一月十五日寫於陽翟

睿友學校重修誌

碧山睿友學校於二〇〇六年登錄為歷史建築，經文化局「古蹟與歷史建築審查委員會」審查通過，指定為縣定古蹟，是僑鄉教育發展的見證指標。睿友學校創立於一九三六年，其設立源自清末民初的新式學堂理念，以因應西化之推行。歷經金門陷日、對日抗戰、光復乃至戰地政務時期，見證了二十世紀初東南亞的僑匯發展，也說明了華僑對於國內教育發展之影響的一個重要階段。學校不僅是東半島足具代表性的洋樓建築，亦為同時期其他學校建築所罕見，是金門東半島地區最具特色與地域風貌的表現。

陳睿友先生幼貧失學，遠赴南洋，辛勤奮鬥，經商致富，為鼓勵鄉親個個能為人上人，提供里人能有普受教育之機會。在未辭世之前，生意欲歇業，分財產時，特撥出當時銀圓貳萬元，以作為本鄉建校及教育經費，委託同宗華僑陳德庠先生，全權返鄉籌建睿友學校，以茲紀念，培養鄉里人才。

當時學校規劃構想，有禮堂、教室、教師辦公室、教職員宿舍、運動場、升旗台、廚房、浴廁，佔地約三千平方公尺，為二層樓西式建築。主體結構於一九三六年竣工，立即招收碧山及鄰鄉山后、山前、東珩、西吳、洋宅、東店、田浦、大地、東溪等村社兒童就讀，概免學雜等費。辦學績效卓著，校際活動有聲有色，校譽日隆，培育鄉里子弟，成就非凡。

華僑捐資興學改變家鄉教育文化落後面貌，引起積極的推動作用，促進家鄉現代化，成為推動金門邁向進步的重要歷程。金門縣文化局為了讓這座縣定古蹟可以再現昔日風華，隨即依文資法修復規範先後於九十五年十二月委託國立金門技術學院調查研究，九十七年四月間委託楊仁江建築師事務所進行規劃設計，並於九十八年十月二十七日順利完成工程發包。由金門萬成營造股份有限公司負責承建，總工程金額為新台幣一千四百三十二萬餘元，已於九十八年十二月三十日正式開工，於一百年十二月三十日正式完工。

政府為呈現先民遺留下珍貴的文化資產，及透過碧山地區生態產業、民俗文物之展示與解說，達成具體落實傳承歷史、保存文化、教育宣導及促進地區觀光活動發展、經濟價值等多方面的目標，使睿友學校再現風華。睿友學校見證華僑的成就，以及更可貴的愛鄉的心，期盼透過修復，展現對古蹟文化的重視、發揚僑鄉文化精神及重現華僑興學的歷史。欣逢建國百年重修啟用，特以為誌。

二〇一一年六月十五日寫於陽翟

在三峽的時光

以往來到三峽國家教育研究院都是當學生，這回來是以輔導員的身分，顯得大不相同。由於角色改變，負起重要的任務是傳承教育的優良傳統，備感責任重大。於是拋開校務工作，陪伴為期六週的主任儲訓生活，全心輔導未來的主任，成為學校的棟樑，肩負起學校行政的重任。

早年因數學實驗課程推動的緣故，與教師研習會結下不解之緣，從六十八年開始到板橋教師研習會至八十九年搬遷到三峽來，有三十餘年的時光，成了這裡的常客，屢次來到此地，參加數學課程實驗研習、課程督學班、校長儲訓班、數學領域召集人等研習。歷任主任計有崔劍奇、吳清基、歐用生、張清濱、何福田、吳清山等專家學者。國家教育研究院籌備處於民國八十九年成立，直到一百年正式升格為國家教育研究院。

國家教育研究院約二十公頃大，院區規劃完整，設施完備，環境優美，是全國教師進修研習最佳的場域。內有仰喬樓、傳習苑、良師園、群賢齋、鐸聲館、文薈堂等雄偉建築，以紅色磚牆加墨綠色琉璃瓦，古色古香，造型獨特。其設置三大願景為教育政策發展智庫、課程測評發展基地及領導人才培育重鎮；整合國立編譯館、教育資料館、豐原教師研習中心等機構，長期從事整體性、系統性教育研究，促進國家教育永續發展為導向。

開訓時因場地被國中基測當闈場而改在仰喬樓前廣場舉行，仰喬樓掛著「引萬股清泉維新教育，研百年大計奮展國威」對聯，勉勵從事教育工作者應肩負百年教育志業。典禮中吳清山院長以心情、心念、心境，期勉儲訓主任擁有好的心情，才會往好的心念思考，以達到最佳心境，推展良善的教育理念。並特別邀請音樂家鄭舜成先生演唱富有海洋文化的鄉土民謠，讓大家如痴如醉，意猶未盡，配合從事海洋教育的江愛華教授，闡釋民謠的意涵，為我們上了寶貴的一課。

清晨有一段屬於自己的空檔時間，我平日有早起的習慣，繞著園區快走，甩一甩手，經過一片羅漢松的林區，那是我在九十二年課程督學班配合植樹節栽種的，如今已成為大樹。院區綠美化成效顯著，研究大道旁豎立「教研重鎮」四字，闡明這裡是教育研究中心，兩旁開滿紅色的鳳凰木花，阿勃勒樹掛滿黃色的鈴鐺，七里香開滿朵朵小白花，發出濃郁的清香。其他有黑板樹、小葉欖仁、樟樹、台灣欒樹、福木、榕樹等都已長成綠意盎然。整片綠色的草坪如地毯鋪著，迎面而來的白鷺鷥成群向你問好，白頭翁發出尖銳的嗓音，園區內成了生物棲息的最佳環境。

這六週課程首先由教育部政策宣導，吳清基部長用「人性化管理」、「系統性思考」的方式，引導透視教育的價值信念，建立有績效性的精緻教育，體會品質是價值和尊嚴的起點。以行政領導哲學與實務：說明「態度決定高度；專業決定成敗；品格決定未來」。黃子騰司長勉勵學員們：「做決定的人負責任，負責任的人做決定。」校長對外代表學校，對內勤於校務。主任是承上啟下的角色，對於國民教育的發展趨勢，藉由黃司長娓娓道來，讓我明白教育行政人員對教育的政策要有一定程度的瞭解與敏感度。

接連安排的課程有學校危機管理、教師專業發展評鑑、學校行政團隊經營管理、ＳＯＰ標準作業流程報告、主任壓力調適與情緒管理、個案研究與報告、教育參觀、行政實習、教學檔案理論與實務、學校本位課程發展實務、主任的角色任務挑戰與學習、品德教育、教學領導與創新教學、性別平等、歐盟教育的現況與展望、處室發展計畫報告及三分鐘即席演講，兼顧理論與實務，並特別聘請知名學者擔任講師。

課餘時間學員們相約去爬鳶山，我已經有兩年沒爬山了，因膝關節退化的緣故，平日的運動改為騎單車或慢跑。我們從研究院出發經三峽老街直奔山頂，還好體力狀態尚佳，沿途遇到許多愛好爬山的長者，身體健朗，看不出他們的年紀。班上的夥伴真難得有此機會，彼此相互切磋，分享工作經驗，展現團體生活的可貴。

傍晚吃過晚餐，大夥走到台北大學前規劃的新社區，遠雄建設公司在這裡建設好多棟不同風格的公寓，連棟的高樓林立，精心設計的中庭，極富創意，鄰近附設了一座海洋公園，炒熱這兒的房地產，讓三峽繁榮起來。途中可以看到即將完工的龍埔國小校舍以博物館形式規劃，符合綠校園九大指標，大樓接近完工，即將在本年度招生啟用。

為期六個星期的主任儲訓之旅，從他們的生活劄記、參訪心得看到大家獲得許多珍貴的經驗，更獲得可貴的友情。尤其在兩位師傅校長的引領下，那將是我爾後從事行政工作的參考依據，在遭遇困境時尋求協助的重要資產。來到三峽這些日子，由衷的感謝夥伴與師長們賜予我的一切，讓我重新省思，投入教育行政的初衷，啟發我內心潛藏許久的激昂與熱情。即使行政之路難行，但至少有一二七期的所有夥伴一起同行，我知道自己並不孤單。祝福每個人都能實踐自己初為人師所懷抱的教育理想，用那份執著與大愛去成就每一個與你相遇的生命。

這裡每一位學員皆把握主任儲訓學習的機會，讓自己真正成長與進步，回到學校踏入行政場域，相信能有一番不同的思維與作為。我雖為輔導員的身分，多次旁聽授課內涵，諸如SOP標準作業流程、歐盟教育現況等都是初次聽到的，獲益不少。在此四十多個日子裡，一方面聆聽學員報告與評比，一方面為自己的論文考試作準備，時間十分緊湊，的確有難以分身之感。

吳清山院長是本研究院首任院長，曾任台北市立師院校長、台北市教育局局長等職務，著有無數的教育研究論文期刊及專書，學有專長的首長，必能引領教育政策方向。他十分照顧每位學員的生活，聽取學員的意見，滿足學員的需求，有許多創新的作法，在結訓前與每一位合照留念，讓每位學員在結訓典禮表露依依不捨的心情。這一期來自全國十一縣市的主任，有一些已經擔任主任職務，年輕有為，素質極佳，透過彼此交流激盪，相互切磋，收穫滿載而歸。從這一期主任儲訓班學習的表現，看到國家未來的教育充滿著希望。

二〇一一年八月十五日寫於陽翟

後花園

在豔陽高照的午後，佇立在圍牆邊的光臘樹底下，聽著陣陣傳來的蟬聲，似乎又回到童年的時光，勾起往日的記憶。眼前一片綠油油的樹林，被陽光照得特別耀眼亮麗，那即是本校的後花園。

圍牆後原本是一片雜草叢生的地方，沒有孩子敢進入，學校爭取兩次離島建設基金補助，以怪手掃平整地後，顯得格外寬敞平坦，大榕樹展露出它雄偉的枝幹。鋪上花崗石的步道，搭配金露花的綠籬；一棵棵的植栽茁壯起來，綠意盎然。水生植物池種了水燭、輪傘莎草、水丁香、田蔥等；植物園內特地種植野牡丹、田代石斑木、小葉赤楠、桃金孃等原生植物，園中聳立了一塊岩石，由我題上「博學」二字，目的為勉勵孩童要廣泛的學習，處處是學問，永無止境的學習。

師生共同經營的開心農場，曾經栽種花生、甘藍菜、菠菜、花椰菜、蕃茄，享受作物成長與收穫的喜悅，也成了午餐的食材；香茅草、洛神花是我們招待來賓的最佳茶品，都是學童們自己親手栽種的，每天三五成群的小朋友相約前來觀察，澆澆水，看看它長大了沒，這一刻讓孩子領略到生活不只是讀書寫字，不只是藝文活動，而是尊重生命，愛惜生命，和其他更深、更遠、更寬闊的情懷。

老師隨時可以帶著學生暢遊這花園，隨處不同種類的花草樹木，供學童觀察學習；聆聽各種鳥兒的叫聲及突然冒出的昆蟲；在大榕樹下聽蟬聲、講樹的故事，享受大自然給予的教材資源。

生態環境的各種動植物是引發學習動機的起點，生態本身充滿了魅力。當孩子對大自然產生好奇，會去圖書館找尋相關的資料來閱讀，當他瞭解萬物的背景知識之後，他可能會去觀察更多的生物，比較牠們的差異，並且設法把他的觀察紀錄下來，最後分享給別人知道。在這歷程當中，他已經學會了觀察、比較、紀錄、分析、表達以及分享的能力。

園中種的「黃槿」葉子是古早時候阿嬤用來蒸粿的「粿葉」，大的墊發粿，小的墊紅龜粿，符合環保概念；小時候用來治療口腔潰瘍的「痲瘋樹」，俗稱「白土莩」，也十分特別，編成故事成為最好的鄉土教材，不能遺忘先人留下來的智慧。

一棟棟昔日駐軍留下來的房舍，是未來活化空間利用最好的所在，開闢為遊學特色學校，吸引台省學校交流居住空間。此外駐軍已允許使用這塊土地，再經過規劃利用，將成為學童未來的新樂園。

這是一處師生共同經營的園地，從無到有，從播種、萌芽、茁壯、開花、結果，一片生氣蓬勃的景象，見證萬物生生不息的道理。在樹蔭下乘涼，聽聽大自然的聲音，別有一番情趣，真好！成了孩子們共同的記憶。

二〇一一年八月二十日寫於陽翟

單打雙不打

年紀過半百的金門人，都經歷過「八二三炮戰」的戰火，這也是名震全球的「台海戰役」。此役奠定了台灣永續發展之基礎，不但使中華民國得以存續，更是政府播遷來台後，終能轉危為安的關鍵所在。

民國四十七年八月二十三日下午六時三十分，共軍駐紮福建沿海砲兵部隊，突然向我金門實施瘋狂砲擊，六分鐘後我守軍奉命還擊。在金門全體軍民英勇反擊下，使共軍不僅不能圓其「無須五天，至多十天，即可攻下金門」的美夢，並且戰役未期陷入「續打無力，不打又下不了台」的窘境，在這場為期四十四天的砲戰中，共軍對面積只有一百五十平方公里的金門群島共濫射了四十七萬四千九百一十發砲彈，平均每平方公尺的土地落彈四發，根據資料統計，造成民眾死亡八十人、重傷八十五人、輕傷一百三十六人、房屋全毀兩千六百四十九間、半毀兩千三百九十七間。

中共於十月二十五日宣布「雙日停火」，即所謂「單打雙不打」的協議，從民國四十七年一直延續到六十八年美匪建交才停止砲擊，二十年的時光，曾經奪走無數的性命。我家的古厝曾經被砲彈擊中，所幸沒有傷亡，服務過的學校也都遭遇命中的驚恐。因此單號的晚上停止一切活動，隨時注意打過來的砲聲，採取迅速躲避的動作。

每遇到單號晚上，懷著一顆顫抖的心吃晚餐，隨即一聲刺耳的砲聲貫進耳裡，砲彈就落在村落邊，大家以飛快的腳步鑽進防空洞，急促的喘氣還沒停下來，接著第二發又落地了，這樣連續打了大約五發，才轉移其他村落，此時才離開防空洞。最令我們感到氣憤的是凌晨時打來的砲彈，正當大家熟睡之時，忽然轟了一聲，衣服都來不及穿就趕緊狂奔進防空洞，這樣驚嚇後也別想再睡了，這才是真正擾民的日子。

我家的百年古厝曾經遭受兩次落彈，其中有一次從右廂房鑽入，由於花崗石建造的牆壁較厚，彈頭在房內打轉，所幸當時無人在家，否則後果不堪設想，家人幸運逃過一劫。據我所知，曾經發生於沙美張姓家辦喜宴，被如其來的砲彈擊中，死傷數人，讓喜事變成喪事。

每當想起這段往事，慶幸還能活到今日，只能說是受到上蒼的庇祐。二十年來多少人慘遭炮彈濫射，非死即傷，屋毀人亡的厄運。今日台灣來訪的親友是無法體會如此精神上的威嚇，所謂天有不測風雲，人有旦夕禍福，那個時代把生命看得很淡薄，生死聽天由命，又可奈何！

二〇一一年八月三十日寫於陽翟

世界金門日

自二〇〇五年起金門縣政府為慶祝建縣九十週年，特別舉辦首屆「世界金門日」活動，目的為凝聚海內外金門人的力量。此活動獲得旅外僑社、同鄉會、僑親的認同，紛紛返鄉共襄盛舉，總計有兩岸及海內外三十五個僑社、千餘位僑親同時回到金門，這應是金門史上的新記錄。同時，省府、府會首長、民意代表、駐軍首長，以及鄉親父老兄弟姊妹熱烈響應，一起為浯島建縣九十週年作見證！並共同發表宣言，表達金門人追求和平的決心永不變，更冀望讓海內外百萬鄉親攜手同心，開創美好的未來。

第二屆世界金門日二〇〇六年十二月十四日在馬來西亞吉隆坡舉辦。第三屆世界金門日於二〇〇八年十月二十二日在廈門市翔安區舉行。這三屆我因工作關係無法參與，實在可惜。今年邁入第四屆，我在受邀請之列，極為興奮。因參與金門宗族文化協會，每次都辦理族譜展覽，受縣府贊助出版本協會第八期世界金門日專刊，分送與會鄉親。

兩千餘名來自海內外的金門鄉親昨日齊聚參加第四屆世界金門日活動，展現了金門鄉親「離島，離鄉不離心」的鄉愁與情懷，更讓海內外「血濃於水」的金門鄉親，擁有一份最崇高的「金門精神」尊嚴，同時邁向健康、璀璨、和平的新金門契機，讓金門起飛，國際接軌，走過金門，看見世界。

大會在金門縣立體育館盛大舉行，包括來自海外、台灣、大陸四十七個同鄉社團一千四百多位鄉親，以及福建省政府主席薛承泰、縣議會議長王再生及縣議員、金門大學校長李金振、金門地區各機關學校首長、鄉鎮長、鄉鎮民代表、各宗姓理事長或長老、各鄉鎮社區代表等各界人士計兩千餘人參加盛會，外交部次長沈斯淳伉儷、僑委會副委員長許振榮伉儷也專程抵金參加。

上午九時，世界金門日大會開始，首先舉行聯合祭祖大典，由縣長李沃士擔任主祭官，海外各僑團代表、旅台各同鄉會理事長、大陸各金門同胞聯誼會會長、金門各姓氏理事長、長老等陪祭，所有參加人員與祭，祭祖大典依古禮進行，依序行初獻禮、亞獻禮、終獻禮，在悠揚樂聲中，表達浯島子民緬懷祖德、慎終追遠之情。

李沃士縣長首先致詞歡迎海內外鄉親回家參加盛會，他指出，金門是我們共同的家，金門人不做斷線的風箏，雖是邊陲小島，卻能追求卓越，邁向世界，看見未來。感謝中央政府、縣議會、地方各界，以及海內外所有鄉親的支持與鼓勵，金門才能有今天的成就。他表示，「離島連線、國際接軌、金門起飛」是本屆世界金門日的主軸，我們期待透過兩岸與全球各地金門鄉親的匯集，能再次凝聚出更多能量，激盪出更多智慧，帶領金門原鄉登上更高、更寬廣的國際舞台。

他強調，金門這個告別戰地鐘聲的彈丸之地，正等待繁華的崛起，更要光耀國際。金門面對未來挑戰，所有海內外的金門人必須更團結，更積極努力，以前瞻的視野，以寬大的胸襟，共同承擔未來的使命，為金門的永續發展奮力向前，讓金門人能立足全世界，放眼全世界。

大會最後也準備了生日大蛋糕及大罈高粱酒，在生日快樂歌樂聲中，李縣長與貴賓合切蛋糕，並共飲高粱酒，為國家及母島賀壽，大會也在「番薯情」的音樂聲中閉幕。

金門是海中孤島，天然資源貧乏，居民謀生不易，成年人都要「落番」打拚，由於昔日教育不普及，絕大多數鄉親目不識丁，到人生地不熟的異邦，只能出賣勞力賺取微薄的血汗錢，但仍有許多鄉親秉持金門刻苦耐勞的精神，在僑居地開創睥睨寰宇的大事業，分別在經濟金融、電力能源、海上運輸、觀光旅遊等等領域獨霸一方，名揚國際！換言之，出外打拚的金門鄉親，經過不斷的繁衍，在台灣的人數已超過三十萬人，旅居海外的更不下七十萬人，倘能有效統合，絕對是一股不容小覷的力量。

楊忠禮博士在會中致詞時指出，「開浯千載、建縣百年」適逢第四屆金門日隆重舉行，這是世界各地金門鄉親共同見證和參與的盛事，我與馬來西亞金門鄉親，以及世界各地的金門鄉親再次齊聚一堂，共敘鄉情，何其榮幸！也讓我們一起齊聲為金門的明天和願景祈禱祝福。

他表示，世界上甚少有像金門這樣一個島嶼，會歷盡千年風雨變幻，見證百年歷史滄桑，而獲得如此之高的知名度和影響力；也甚少有這樣一群子民，能擁有如此堅忍不拔、不屈不撓的生命力，無論是在桑梓故土，還是在異國他鄉，都能擁有如此堅定不移、永不服輸、力爭上游的精神和鬥志，打拚一片天地，成就一番事業。而這樣的鄉情、親情紐帶，始終維繫日益緊密的關係，至今而不輟，端賴於世界金門日的緣起，儘管至今只有四屆之多，卻產生了越來越深廣的影響，實在是一件難能可貴的事。

這恰恰證明了金門鄉親親情永固的道理，道理很淺顯，卻彌足珍貴，這種親情的存在和延續，是世界各地金門人不可多得的寶貴資產。

二〇一一年十月十八日寫於陽翟

父子情

遠在澳洲的么兒，從他的臉書上看來，遊學生活過得超快活而充實。偶爾還秀了幾句隱含著哲理的話語，如「珍惜才能擁有，感恩才能天長地久」，看來挺有道理的，感覺他成熟多了。

么兒從小喜歡跟著我後面趴趴走，記得有一次到海濱撿拾貝類，滑了一跤，膝蓋被貝殼割破，血流如注，內心感到十分不捨，但是給了他一個教訓，也增長了生活經驗。長大以後，他喜歡到海濱從事垂釣、挖蛤、撿拾貝類活動。

記得讀國中時他看到同學抽菸，回來會偷偷告訴我這個秘密，我就會和他談論這件事的看法，釐清是非對錯，澄清事件的真相。就讀高中三年以通勤往返，每天自己早起搭公車上學，轉搭兩班公車，才到達金城。從不遲到早退，畢業時還獲得全勤獎，讓我與有榮焉。

那一年參加海洋大學推甄入學，我成了他的幫手，考前幫他整理口試資料。兩人趕往基隆市陌生的校園裡，面試前授予幾點秘訣，最後終於錄取了。大家為他高興不已，符合家人的期待。在他求學的過程中，從小養成獨立自主的習慣，一路走來，都不需要我操心。大學期間，每逢暑假前要我替他安排到畜試所打工，在大太陽底下從事粗重工作，像是清理糞便、鋤草、收割牧草，熬過最艱苦的工作，我覺得不忍心，他卻笑稱是練得一身好體力，從中體會父母賺錢的困難，因此奠下往後節約的好習慣，知所感恩惜福，這是出乎我意料之外的收穫。

有一陣他迷上網路遊戲，達到廢食忘寢的地步，那是我們父子感情最低潮的時候，基於愛護的心理，雖然嚴厲斥責也無動於衷，他也感到厭煩。最近他從澳洲打來電話給他的姊姊，又感覺沒有聽到我在嘮叨，似乎很不習慣，常打電話回來報平安，甚至打給台北的外公外婆，述說遊學的心得。

當暑假裡從畜試所打工回來，父子相約到后扁的海濱散步，父子兩人走在柔軟的沙灘上，海風迎面徐徐的吹來，十分舒暢。邁開步伐盡情暢談，話題很多，敘說大學生活的趣事、國家大事、工作甘苦、未來的志向等，做父母的免不了用鼓勵的話語，引導其正確的方向。不知不覺中來到田浦海岸，佇足遠眺海面上往來的船隻，於是再往回走。此時太陽已緩緩下山，帶著愉悅的心情回家。

暑假裡，大清早起來，我們倆騎著自行車往山外，品嚐出名的廣東粥，沿途邊騎邊談，享受涼風拂面，欣賞那沾滿露珠的葉子，看那大地萬物初醒的景象，真是生活上的一大享受，只有早起的人們才能體會。

每次全家出門聚餐，為了護著我，深怕我出錢，要他母親先付帳才行。新世代的孩子追求時髦名牌，在他的眼裡只要能用就好，捨不得花錢購買，極為儉約，富有傳統的思維。四年的大學學費，至少有一半是打工所得支出，扣除教育補助，真正花費不多，幫我省下不少的錢。

每次放假返回碧山老家，他總會跟隔壁的伯叔嬸姆問候，閒話家常，與小學同學哈啦一下，讓村裡的長輩稱讚有加，算是我從小沒有白教。

在家裡扮演嚴父的角色，在每個孩子的眼裡具有威嚴的形象。現在的孩子長大後很少與父母同行，然而長大的他依然順著我的心意，只要我想去的地方，他都會像小時候那樣跟著，形同兄弟一般，沒有隔閡。如今他在澳洲遊學已兩個月了，我心裡多少惦記著是否安好，願他收穫滿行囊。

二〇一一年十一月十五日寫於陽翟

祝福

在臉書上看到你從美國傳回來的照片，一張張不同背景的照片，從博物館、紀念堂、公園等諸多建築風格雄偉壯觀，不是在華盛頓就是在紐約，讓人看來不像受訓反而像是旅遊，還有婉蓁的陪伴，羨煞多少人。屈指一算，半年的時光也快到了，又是即將返鄉的時候。

當你穿上國軍的制服，身處幾個不同國家的軍中同仁間，還是你最英挺帥氣。相信六個月的交流受訓中，見識一下外國軍隊的特色，了解西洋軍事文化的差異，你一定收穫滿滿。

今年教師節前夕，在指揮官手中接到你榮獲國防部頒發的景風勳章乙座，令我感到訝異，在場的校長們為之歡呼，此刻內心無比榮耀。多年來你負責防區地雷的清除，兢兢業業，不分晝夜，常常犧牲假日，不辭辛勞完成此艱鉅任務，深獲長官肯定才獲得此殊榮。

那一年高中畢業，你同時考取中正理工學院及逢甲大學土木工程，讓你面臨抉擇的苦惱。在家人與親友鼓勵下就讀軍校，而你因為沒有同學報考軍校而想讀逢甲大學，面臨了兩難困境，最後在家人的壓力下選擇了軍校，從此踏入軍旅生活，至今也有十年的光景。

今日看到報考軍校成績與國立大學相當，很難錄取，真慶幸當年的抉擇是對的。兩年前你取得碩士學位，我一直鼓勵繼續深造攻讀博士學位，以你的能力足以勝任達成。當年你由於一科地理不及格，從最好班級掉到次好班級，在普通班失去競爭的動力，真為你擔憂。

在兄弟姊妹中，你表現最為穩重，溫文儒雅的氣質，很少看到你發脾氣，凡事只點頭允諾，缺少了一點男子氣概。做任何事我都放心，少有凸槌的現象發生。因為你在高雄受訓的緣故，才結交了婉蓁，真是天定良緣，因而走上紅毯之路。在訂婚時，我老遠從金門搭飛機到高雄，再從屏東東港坐船到達小琉球，千里迢迢來到這個純樸的小島。

兩年前結婚的那一天，婉蓁的親朋好友從老遠的小琉球，陪著她嫁來我們家，十分風光。從送喜帖到結婚前的準備，初次辦理結婚，忙煞了多少人。在盈春閣餐廳席開百桌，宴請各界友人，賓主盡歡，

目前你晉升為少校階級，在軍中完成交辦任務，不負上級使命；今天擁有自己的房屋及汽車，組成一個美滿的家庭，夫妻相敬如賓，在今日的社會裡是不可多得。祝福你生涯裡一帆風順，步步高升，成為軍中傑出的軍官。父親以你為榮，孩子努力吧！

二〇一一年十一月二十日寫於陽翟

晉匾

中國古代封建社會建立在宗族制度之上，宗族成為個人與社會、國家之間不可少的聯繫單位，宗祠成了每一地區必備的建築物。金門已有一千六百餘年的開拓史，聚落具有牢固的血緣關係，一代一代的在此繁衍，目前各姓宗祠約有一百六十六座，是中原各氏族後裔開發金門尋根孝思、精神所繫。

這些祠堂分布在金門各角落，建築規制依興建朝代、宗族財力、座落地形不同而各具特色，它保存中華固有文化資產，視為本縣三寶，除了每年春秋兩次祭祀外，在古時候兼具教育文化與公共活動的多元機能，如設立私塾做為族中兒童啟蒙教育的課堂，或為喜慶及年節慶典的場所，也為族人排解糾紛仲裁的所在。

每年秋冬之際是宗祠奠安的盛季，今年正逢建國百年，各地宗祠舉行奠安活動十分熱絡。正逢學區內陳坑宗祠也擇日於十二月二日辦理奠安活動，邀請本校參加盛典，為慎重其事，特別製作一塊匾額以示慶賀。

奠安是一種慶祝廟宇、宗祠或住家修建落成所舉行祈求平安的醮儀。奠安日的選擇和陰陽五行及風水有密切的關係，要選擇對這建築座向有利的年份來舉行，因此落成後有時得等上好幾年才有機會舉行醮儀。

宗祠奠安晉匾有早年科舉時代功名的「進士」、「文魁」、「貢元」匾；有官職的「巡撫」、「御史」匾；彰顯祖德功名事蹟「祖德流芳」等；現代大多是「博士」、「將軍」晉匾。這次奠安以陳德禹三兄弟及父子同為博士，所進的一門五博士匾最為榮耀；其次是表現傑出的公職陳德新，其職位為馬總統任命的行政院法規會主任委員，高居十四職等，由行政院吳敦義院長為他立「法猷輔政」的匾額也極為特殊。其他的匾額大多是福建省政府、金門縣政府、金門縣議會等單位主管祝賀，排滿宗祠門口，供來賓觀賞，等待慶典之後再懸掛於宗祠內供人瞻仰。

陳坑陳氏宗祠的南方宗祠是於國曆十二月二日開始舉辦慶成活動，經過兩天的慶成儀式後，於前夜關門，再閉門一日，隔日舉辦啟扉大典，儀式依序包括：開宗祠門、設醮、排粿粽、祀文昌和福德以及祭祖、獻敬、慶宴、戲劇公演、恭送玉皇、敬宅主及地基主、分燈、戲劇公演、鬧廳、辭神。

宗祠奠安慶典，當日凌晨起村裡開始舉辦「追龍」、「敬樑神」、「獻敬」、「拜斗」、「鎮符」、「啟扉」等儀式，鑼鼓聲響徹雲霄。晚上陳坑家戶辦桌，宴請賓客，更邀請台灣歌仔戲團壓陣表演歌仔戲，寧靜的村莊一時車水馬龍、張燈結綵，熱鬧無比。

重建奠安委員會陳主任委員炳仁表示，陳坑南方「陳氏宗祠」始建於明朝年間，距今約有三百多年歷史，在清康熙年間、民國六十四年兩度重建。宗祠曾附設家塾作為教育宗族子弟場所，走過戰爭的歲月，因此，族人熱鬧慶祝重建奠安。

當天下午，全校師生集合於校門口，在古樂、電音三太子人偶及本校鑼鼓隊的引導之下，奠安工作服務員抬著「源遠流長」匾額前進，沿途施放鞭炮歡迎我們的到來，極為慎重，讓師生備感光榮。在司儀引唱之下，依據古禮行三獻禮，完成獻匾儀式。這一次學校除了對陳氏宗祠奠安的祝賀之外，也讓學生見識宗祠奠安的過程，上了一節寶貴的戶外教學課程。

一般人常以為宗族的繁衍，以及族譜的紀錄是大人的事，從小培養孩子對尋根的重視，建立愛家愛鄉的情懷，長大後才能飲水思源，才是真正鄉土教學重要的課程之一。宗祠文化成了金門重要的文化資產，我們應珍惜維護，讓它傳承下去。

二〇一一年十二月五日寫於陽翟

牽手

那一年我倆在金門縣政府參加集團結婚，約有五十對新人共聚一堂，由譚紹彬縣長親自主持婚禮，在金防部李家馴司令官等各界首長來賓觀禮及親友的祝福下，完成了結婚儀式。全場充滿喜氣，熱鬧非凡，讓我們留下永恆的回憶。一〇一年元旦即將到來，正是我們結婚屆滿三十四年的時光。

結婚的前一天，鄰居的叔嬸開始動起來，村子裡洋溢著歡樂，家人正準備牲禮果品拜天公。晚上，這一群幫忙的親友圍起來享受道地的美食，盡興飲酒歡呼，為即將結婚的新郎祝福。當集團結婚典禮過後，再以古禮親自赴新市里迎娶，風風光光迎進碧山老家來；中午時刻，特地請來總鋪師料理喜筵，席開三十餘桌，宴請親朋好友，極為熱鬧。接著依照族裡習俗，備妥牲禮金箔，在淵水叔引領之下，西樂樂隊吹奏著曲樂，前往宗祠內祭拜祖先。親朋好友特別備好長板凳堵在宗祠門口，還好妳那輕盈的身材，輕易把妳抱過去。當晚鬧洞房也是少不了，在眾目睽睽之下，要我親吻羞答答的妳，才能過關。

妳從繁華的市鎮嫁來偏鄉的鄉村裡，晚上缺少路燈照明，一片漆黑讓妳心驚受怕；當時物質缺乏，生活十分不便，讓妳受苦感到不捨；每逢年節到來，苦惱不懂得蒸年糕，製作紅龜粿，不知祭拜禮儀。幸虧妳有顆聰明的頭腦，用心學習苦練，如今這一切難不倒妳，逢年過節準備得十分周全，祖先的忌日銘記在心裡，不用我操心。

妳先後為我們陳家生育四個孩子，含辛茹苦將其養育成人，至今奉獻國家社會，值得令妳驕傲。平日妳自稱無酬勞的「金傭」，為這個家付出賣命，打理家裡大小事務，每天備好熱騰騰的飯菜，等著我們下班回家。我經常出外應酬妳勸我少喝酒，以免傷身，平常聽到妳掛念著在外的孩子，不知是否過得安好，夜晚時才拖著疲憊的步伐休息，無微不至的照顧全家大小。

那一年為了修建碧山老房子，我與大嫂起爭執，妳苦口婆心勸阻我息怒，不與她計較，多讓她一點，表現出妳寬宏的雅量，化解兄弟之間的紛爭，減少了許多無謂的爭執。家庭的失和其實是女人之間的戰爭，只要有一方忍讓就能相安無事，妳具有我國傳統的三從四德，這是我們陳家的福氣。

妳唯一讓我擔憂的是成為夜貓族，因為長期睡眠不足引發疾病而不知，以俗稱「演戲者瘋，看戲者憨」的話語唸妳，那些低俗的連續劇根本不值得看，浪費寶貴的光陰，不如好好鍛鍊身體，適當運動才重要。

十年前的某一天，我載來一位陌生的女孩，妳以為突然間冒出一個小三來感到驚訝，這位無緣的女孩正是當年在台南執教時所認識的女朋友，事隔二十五年毫無音訊，當年因父母反對而斷絕來往，如今各有家室。她利用參加旅行團暢遊金門時，再透過領隊的覓尋才找到我家來，因那時雙方交往心地坦蕩蕩，毫無隱瞞。妳當時的心境表現很有風度，雖事後仍有些存疑吃醋的想法，經過一番解釋，倒也化解一場家庭革命。

當我遴選上國小校長，宴請親朋好友時，席間妳那朱姓同學高喊校長夫人，妳笑得合不攏嘴，其實妳對升格夫人並不在意。我不懂得甜言蜜語，生日更不會體貼送花送禮物，長年來妳並不介意，只順其自然。我們擁有的真情永恆不渝，十年、二十年、三十年……，始終如一，直到永遠，因為妳我攜手度過多少風雨歲月依然不搖。

常言道「百年修得同船渡，千年修得共枕眠」，能夠結為夫妻也是因為有上天安排的緣份才能結合，應當珍惜這段姻緣。當然我們更要作為孩子的榜樣，有美滿的家庭才有幸福的下一代。

二〇一一年十二月十二日寫於陽翟

送愛心到福田

季節進入寒冬，寒風襲人，為喚起社會人士關心那一群弱勢的朋友，各界紛紛發起寒冬送暖的活動，濟助一些生活需要幫助的家庭，好好度過一個溫馨的寒冬。

在一次朝會裡，向全校師生發起捐款的活動，說明本次活動的涵義，讓每個孩子發揮愛心，幫助這群需要關懷的人們。我希望每個孩子存下平日的零用錢，捐獻濟助那些弱勢的族群，為期約兩個月的期限。並請輔導組發給家長一封信，說明發起樂捐的用意，才不至於引起誤會。

經過一段時間的累積，累計近萬元的捐款，到截止日期終於超出萬元。先與大同之家許美鳳主任聯絡，這次捐助的對象以福田家園身心障礙者為主，其次是家扶中心。我們約好關懷日期和時間，各班推派班長代表，驅車前往位在金門東北角的福田家園。此時院裡的余國康主任已在門口歡迎我們的到來，第一次見面就發覺余主任年輕有為，願為這一群身心障礙的朋友付出心力，令人感佩。

我們進入院內，余主任特別為我們介紹內部設施，讓參與的班代表了解院內對這群身障朋友的照料。余主任指出目前地區有許多極需安置之身心障礙者缺乏安置之窘境，為減少社會問題及減輕身心障礙者之家庭負擔，政府於九十七年設置優質的院區來照顧他們，提供一個舒適的家園。

這時正好是他們律動時間，紛紛圍過來向我們問好，園生與志工們還熱情獻舞，回饋給師生們，並致贈感謝狀及福田家園所出版的刊物。我上台說明來此的目的，祝福他們快樂平安。由林豈弟同學代表致送慰問金，表達本校師生關懷之意。目前收容七十二位院生，有十多位靠輪椅行走較為嚴重；有多位智能障礙，從他的舉止可以表露出期待眼神，似乎呼喚著親人給予關懷。這些與生俱來的身障者，默默接受老天的安排，無可奈何！

返校時請各班班長發表感言，體認弱勢族群為生存而掙扎，他們都無法與各位正常過著學校生活，因此大家應珍惜擁有健康的身體；並於朝會時將募款及捐款的經過，報告給全校師生了解此次活動的意義，多付出愛心關心週遭的人，讓他們獲得社會給予的溫情。在福田家園的刊物中，有一篇寫到了阿芬的媽媽，不論刮風下雨，每天都會轉搭三班公車到福田陪伴植物人阿芬，再轉三班公車回家。在送阿芬到福田之前，阿芬的媽媽自己已經照顧阿芬幾十年，有了福田，才讓她的擔子減輕了。

普天下的父母皆希望自己的孩子健康快活，倘若養育出身心殘障的孩子，是何等的傷心自責，終身守護著孩子，內心無比煎熬，是外人所無法理解的。藉著這次愛心捐獻活動，希望學生看到自己有多麼幸福，多麼健全，多麼富有，並希望他們學習關懷別人，感恩他人。

二〇一一年十二月十五日寫於陽翟

輯二

海外紀行

精進教學，追求卓越

——國教輔導團外埠參訪記

去年借調教育局擔任課程督學，至今已有一年半的時間，這次已是第二次以領隊身份帶團赴台參訪交流活動。所謂百聞不如一見，歷經多次參觀，然而每到一個學校都具有不同的感受，實在受益非淺。近年來由於職務的關係，或工作需要，除了台灣本島之外，先後到過馬祖訪視及澎湖交流活動，甚至遠至南洋各地，瀏覽當地文化特色。與本地文化互為比較，有許多可取的優點，值得作為借鏡。

此行以台灣中部參訪為主，首站抵達自然科學博物館，各種不同的主題館，非短時間可以看完。每次參觀都有不同的感受與收穫，進入生命科學廳——恐龍館，那是兒童們的最愛，以模型製成生動活潑的動態展示，並發出怒吼的叫聲，有身歷其境的感受。近年來科學家陸續發現，恐龍是鳥類的始祖，這發現十分驚奇。當我們進入人體的奧秘展示館——我們的身體——生老病死，從人剛出生的胚胎實物模型以致老化而終的人生變化過程，有了深一層的認識。其中最讓夥伴們驚訝的是埃及的木乃伊實體，花費高價向國外買回展示的，可看出館方的用心。

來到彰化縣信義國民中小學，是一所九年一貫的學校，學校在規劃策略上具有四項含義：開放是教育理念的配置構想；機能分區及輕量而豐富的建築語言，貫徹九年一貫教育之精神；以學校作為社區實質與象徵的核心；實踐永續校園的經營計畫。從校園空間的利用，符合綠校園的要件，帶動社區共同參與成長的優質校園，校園建築風格獨特，經過公開徵圖票選而成，造型新穎，打破傳統建築模式，值得供本縣借鏡。

第一次踏進雲林縣的國民小學，印象中雲林縣是農業縣，財力資源較為匱乏，學校經費經常拮据。進入斗南國小時就有該校教職員、家長會幹部及志工列隊歡迎，為迎接本團的到來，花費心力準備，以水墨畫、詩詞製作而成的月曆最為感人。建校歷史悠久，校園保存原有的古老地標，古樹林立。重視語文及生命教育，從學校情境布置可見一斑。並發展直排輪運動及陶笛教學，學生表現不凡。

如果不入其境難見其中奧秘，由蒴桐國小校長引介華山國小作為參訪學校，才真正看到廬山真面目。一般人總以為台北縣漁光國小的生態遊學非常有名，每年有二十萬人次的造訪，創造了遊學奇蹟。而該所學校雖小，但生態資源豐富，從校長簡報及出版的《悠遊華山》書中了解到，學校與社區關係如同生命共同體，結合當地產業——咖啡，鄉土人文與當地生態，發展休閒旅遊活動。如今成為到華山喝咖啡、賞夜景、體驗大自然成為最時髦的休閒活動。在李振哲校長的解說下，擅用當地秀麗的自然景觀與純樸的風土民情，呈現多元風貌的登山步道，多樣化的動植物自然生態，建構從生活環境中學習內涵，營造「生活、生產、生態」均衡發展的新家園。

雖然是所只有六個班級的小學校，在李校長領導之下，該校教學團隊共同編撰一本《悠遊華山》——華山之美導覽手冊，圖文並茂，紀錄華山的景觀之美、生態之美、產業之美與藝術之美，讓訪客深入了解當地文化與生態環境。學校並訓練一批泡咖啡的小達人，為我們這批訪客服務，看到他們個個身手不凡，架式十足。在校長引導之下，詳細介紹後山的生態園，物種繁多，保留許多古樹，是教學的最佳教材園地；校園旁擁有一處歷史悠久的神社，提供社區戶外露營的好場所。最後走進台灣低海拔的動植物展示館，充分利用社會資源建造而成，展示內容豐富，具有觀賞價值，媲美國家公園展示館的規模，令大家羨慕不已。

沿途看到民宿林立，可窺見前來旅遊的訪客不少，尤其近年來政府推動地方特色，發展觀光旅遊，在地遊學興起，其實金門深具有發展潛力，將戰地文化特色、自然生態、人文景觀詳加規劃，打出知名度，以吸引世界各地觀光客進來。

正逢嚴冬來到奧萬大風景區，是賞楓葉最佳的時機，此處範圍寬闊，山上遍布層次分明的楓葉，走在幽靜的步道上，吸取林中清新空氣，並可沿途認識多種植物。一條通往賞楓的吊橋被颱風帶來的泥沙覆蓋，這是過度開發造成的災難。接著進入日月潭區域，九二一大地震前曾來此參觀，從報章雜誌看到受損嚴重，經過多年重建復原，如今文武廟莊嚴雄偉，依然聳立於日月潭旁。經過有名的埔里酒廠，遊客絡繹不絕，酒廠附加產品尤其多，成為觀光必經之地，帶來地方繁榮。

最後一天的行程前往豐原自行車道馳騁，可見親子悠遊其間，車道規劃完整，安全性高，是假日休閒運動的好去處。接著驅車到達台中市國立台灣美術館，占地寬廣，展出內容豐富，適合親子學習與學校教學。正逢林惺嶽創作回顧展，短暫的參觀時間，我們只能瀏覽幾個展覽室，呈現各種類別的作品，無法細心欣賞，留待他日再來。

本縣屬偏遠離島，社教資源不足，缺乏各種較有規模的展覽館，必須跨海經由舟車往返奔波，才能親眼目睹實物景觀。近年來各校辦理外埠參觀的頻率很高，無論是城鄉交流、輔導團訪問、專業性的觀摩等，目的是吸取他人經驗，增廣見聞，擴大視野，改變個人狹隘的思維，提升教師教學效能。

總之，地區在教育資源方面近年來投入大筆經費，硬體方面已經不遜於他縣，唯獨軟體方面尚須增強，尤其在研究創作上應突破困境，創新教學，以符合時代需求。學校應充分發揮團隊合作精神，規劃優質的教學步道，建構一個多元性生態教材園，發展學校特色，提供師生舒適的教學環境，朝向永續校園理想邁進，是我們共同努力的目標。

二〇〇七年十二月十六日寫於陽翟

晉江深滬尋根之旅

繼去年暑假同安尋根之旅後，原本計劃至深滬尋根，因假期因素延至元月中旬啟程。另一方面是黃理事長為解釋該宗親族譜之疑慮，特地趕到同安宗親集會商議，期望化解族譜中存在的問題。我們兩對夫婦搭乘廈門五緣輪，船內寬敞，平穩舒適，約三十五分鐘行程便到達和平碼頭。黃氏宗親至碼頭迎接，晚上以道地家鄉味晚宴招待我們，相談甚歡，好似多年的好友相見，無所不談。餐後往宗親家交換族譜，七十多歲的黃千忠先生收藏兩千餘本族譜，以黃氏族譜為主，包含各姓氏皆有，族譜資料豐富，難得有這麼用心修譜的學者，讓我們大開眼界。

目前大陸正積極編修族譜，由於受到文化大革命毀壞殆盡，因此各地紛紛成立譜牒研究學會，著手蒐集民間收藏的家譜等史料。以晉江為例，譜牒學會成立十年，已有豐碩的成果，目前遷移至嶄新的圖書館內，開闢了一處研究的場地供他們使用，以政府的資金投入各種活動。金門地區因為長年重視宗祠的維修，才能保存各姓氏族譜資料，唯一不全的部份是因清順治年間金門遷界及復界的影響，有十年期間產生斷層現象，散失許多資料，整理上較為棘手。

在晉江譜牒研究會周儀揚會長的協助下，參訪甫建造完成的圖書館，佔地約兩千坪的土地，花費七千餘萬元人民幣，造型新穎，具有多功能的用途，為五層樓高現代化建築，包括藏書庫、閱覽室、數位閱讀、會議室、展覽室等，藏書三十萬冊，是一處市民閱讀的好所在。緊鄰文化中心及博物館，足見政府重視文化建設，值得我們借鏡。

周儀揚會長幫我們約好深滬的宗親，驅車趕往，一夥宗親已久候多時，進入新建完成的大宗祠，點燃三柱香向列祖列宗祭拜，了結多年未完成的心願。本宗祠於民國八十五年奠安，碧山鄉親曾派代表前來致賀。宗祠的正殿石柱書寫的對聯，上聯「政祖闢源發潁水世世代代長蕃衍」，下聯「愷公拓滬基開厚山子子孫孫永綿延」，敘明了開基祖先前來深滬的淵源，讓外來的遊客容易了解。中午時刻，宗親會特別為我們設宴，以豐盛的海產招，宴席間相談融洽，讓我們感覺賓至如歸，他們並邀請我們組團參加今年隆重的迎祖慶典。

村長帶著我們參訪后山社區中心，內部規劃周全，面臨深滬灣，位置適中，也是行政中心。港口內停泊數十艘漁船，這些大多屬於遠洋漁船，近年來漁貨量增加，每個人獲利可觀。在宗親們介紹下，大略了解深滬發展概況，雖然地勢起伏甚大，隨著山勢逐漸升高，有「萬人煙」之稱。最後特地往璧山峰參觀，沿途見到古老建築及石階，蘊含歷史悠久的古文化，這裡以陳姓和蔡姓居民最多。

歷史上說的古泉州港，是泉州地區「三灣十二支港」合成的集群海港的總稱。古深滬灣介於泉州港北港與南港之間，有祥芝、永寧、深滬、福全四個支港，是泉州港通往海外的必經之路，也是中國東南沿海海防的軍事要地。深滬港在深滬灣的中心，是重要的漁、商的港口。明洪武二十年任命江夏侯周德興到福建沿海福、興、漳、泉四府經略海防，築城十六處，置巡司四十五所。港邊巡檢移置晉江市深滬，改稱深滬巡檢司。

深滬港位於深滬灣的中心，北與永寧港隔海相望，歷來為商漁之鄉。深滬人天生就是海的子民，他們來自大海，親近大海，熱愛大海。深滬人孕育的海洋文化，目前擁有現代化漁港、萬噸級碼頭、深滬灣旅遊景區，漁船數量也從當初的二、三十艘，發展到現在將近四百艘。漁業蒸蒸日上，岸上居民看準商機，做起了水產加工，獲取更高的經濟效益。此外這裡也是中國內衣名鎮，全球的每個角落都與深滬息息相關，南至布宜若斯艾利斯，北至斯德哥爾摩；上至皮爾卡丹在紐約的高級專賣店，下至中東炎熱的露天市場。深滬的短褲工廠產品也越來越豐富，品質越來越好，工廠數量也越來越多。到現在，深滬共有內衣生產及配套企業四百多家，靠海而居的深滬人也在這場大潮中搶下了一塊響噹噹的牌子。

深滬是晉江東南沿海一個半島，其地形地貌像一隻臥地雄獅，有「倚海金獅」美譽，又有深滬是「獅穴」一說。鎮內發現多尊風獅爺，均用花崗石或青斗石雕成，有站立、蹲座、躺臥等形象，一樣具有鎮風制煞功用，成為信奉的守護神。早年許多居民遠渡南洋謀生，事業有成返鄉建業，回饋桑梓，與金門諸多相似之處。近來發現深滬海底古森林，已成為國家級海底古森林遺跡自然保護區。這次尋根之旅不虛此行，發現祖先的發源地原來是個豐富的人文資源，有待來日再組團深入探索其中的奧秘。

本文刊登於金門宗族文化研究協會會刊二〇〇八年十月二十二日第五期

廈門教育參訪心得

這次受到廈門教育局的邀請，本縣從大學至幼稚園的各級校長皆參加此次的參訪規模前所未有的訪問團，就在短短的一兩週內組成，廈門方面也極為慎重，為迎接我們的到訪，做了萬全的準備。

上午搭乘金龍號直達五通碼頭，約三十分鐘的航程就抵達，極為便捷，當船靠岸時，衛生單位因應新流感而派員為所有旅客測量體溫，防疫措施做得十分徹底。通過了關卡，廈門工商服務學校特地組織一支美麗的女學生，為我們迎接獻花，讓大家感受熱情的款待。

第一站來到廈門實驗小學，此校是廈門家長嚮往就讀的明星小學，只能容納三十班的校園，師資陣容堅強，設備齊全，從簡報中瞭解教育當局十分重視，除教學正常外，重視課程改革、品德教育及愛國教育。接著抵達廈門第一中學，創校有一百零三年的歷史，學生約四千餘人，高考及中考成績均列省市前茅，重視科學教育及社團活動，人才輩出，校園建築新穎，充滿活力是具有指標性的名校。

下午參觀廈門城市職業學校，由廣播電視大學、廈門教育學院及廈門職工大學組成，以就業為導向，全校約一萬六千餘學生，規模宏大，深具發展潛力。來到廈門五緣實驗學校，校舍新穎，教室寬敞明亮，以招收廈門一中、雙十中學、外國語學校及廈門實小等校的菁英學生為主，發展成特色學校，是一所培訓音樂、美術等特殊人才的才藝學校。

第二天行程為分組到各學區參觀，經過一個多小時的車程到達翔安區回漢小學，受到該校師生熱烈歡迎，因屬偏遠地區，校舍較為老舊，設備更跟不上市區學校，此校將與本縣上岐國小締結聯盟。金沙國中將與大嶝中學結盟，因此特別安排參觀，整體環境還是沙中較好，我們也舉行座談會，了解彼此辦學理念的差異，看到該校進修的成果，是我們學習的地方。

參觀廈門學校讓我們發現學校設計新潮美觀，校園空間規劃層次分明，投入教育經費龐大，尤其專科教室設備一流，公共藝術造型富有創意，實在是本縣學校無法媲美。師資陣容視學校擁有特級教師人數多寡，教師分級制讓教師有競爭的目標，因此教學演示、教師進修都積極爭取。教師研究精神的進取，也是值得我們學習的典範。

二〇〇九年六月二十八日寫於陽翟

教師專業評鑑參訪心得

本校承辦這次外埠參訪的學校，行前安排行程都經縝密規劃，希望參訪過程能順暢，從訪問中汲取經驗。由於本縣尚未試辦教師專業評鑑，因此教育局特別組團赴台取經，以減輕各校推動教師專業評鑑的困惑，尋求推展之道。

首先來到高雄市苓洲國小，受到該校熱忱歡迎，小朋友跳腰鼓舞迎賓，蔡清華局長特地前來致詞，介紹高雄市近年來教育改革的趨勢，如何改造校園生態，讓校園更有創新。這波教育改革中，高雄市最先推動，無論英語教育、資訊教育、未來學校等均獨步全國，是本縣學習觀摩的典範。此校雖老舊，在翁慶才校長努力經營下改變了創新風貌，以創造力學習中心，打造數位學習環境。

接著參訪高雄市大義國中，在簡報中可以了解，推動已六年的教師專業發展評鑑，從剛開始少數教師參與，到後來九成以上教師參加，可以看出獲得教師的認同。實施內容包括教學檔案評量、教室觀察、專業成長規劃、專業學習社群成立。教師專業成長方面如班級經營分享、教學檔案網頁實作、部落格教學卷宗介紹、教室觀察技能、電子白板研習等，教師真正得到益處，有效提昇教師專業知能。

該校潘道仁校長重視國際合作交流，與韓國、英國交換學生，除了利用視訊互相交談，並組團實際互訪，擴展學生視野，作法值得我們學習。此外學校印製學生與家庭手冊，內容收集完整，是師生溝通的最佳途徑。學校為節省能源，不任意印成紙本，只要上網查詢就可以找到所需資料。

來到聞名已久的億載國小，接近安平古堡，是一所九十二年完竣開始招生的新學校，校園規劃以綠色學校為主要思考向度，引進生態、節能、減廢與健康等綠建築觀念，成為全國唯一通過綠建築九項指標的學校，配合九年一貫採用班群式教學的先進理念，設計出多元化的學習環境。

該校在吳文賢校長努力經營下，教學團隊的行動力與創造力相當驚人，透過教師專業發展評鑑的推動，體認共同成長才有出路，並且在行政資源支持下，協助教師成長，獲得豐碩成果，近年來榮獲教學卓越獎、全國教學創新獎、教育部國際交流典範學校、創造力特色課程等獎項。

走訪台南市進學國小，感覺綠意盎然，經過李添旺校長介紹，是所真正名符其實的森林小學，在市中心擁有這樣的綠地實屬不易，設置生態池、蝴蝶園、神農生態園等區域，十分重視環境教育。該校歷史悠久，校舍較為老舊，與鄰近學校爭取學生較為困難，因此發展特色以吸引家長認同。

該校教師專業發展評鑑的推動是台南市中心學校，多年來利用各領域社群研討，發展屬於學校本位模式的評鑑方式，讓所有參與伙伴了解評鑑是為了精進而非考核，因此推動起來已有實質成效，建立了專業自信，也贏得學生、家長、社會的尊敬。

從參訪的四所中小學在推動教師專業評鑑上，剛開始時均遭遇極大的阻力，原因是教師普遍對這項措施認知模糊，教師以為學校以績效考核、能力評鑑都是為他們而設，這也許是宣導不足，因此未來推動必須採漸進式，先讓老師認同，為專業成長是必須付出心力的。

經過四天參訪後，真正明瞭教師專業評鑑，因學習才會讓老師進步，評鑑只會讓老師應付，行政上給予支援。最重要還是教師自發性的投入，獲得效果最佳。教師認清惟有成長才不為時代所淘汰，有危機才有轉機，要有「歡喜做，甘願受」的精神，才能心甘情願付出心力。因此身為校長更應鼓勵教師專業發展，從自我省思及專業對話分享，從最簡單做起，一步步實地運作，從學校學習專業社群入手，以優化教學效能。目前本縣學校尚未提出試辦計畫，雖然辦過數場有關教師專業評鑑研習，仍然沒有學校敢嘗試試辦，這次參訪後大致有深一層的認識，由學校逐步推動教師最迫切研習的項目，由教師自行決定，推動起來並不難。

這四所學校校長治校理念富有創意，校務經營創新，曾獲得校長領導卓越獎，因此學校各項表現成績突出，是我們學習的典範學校。

二〇〇九年九月十三日寫於陽翟

海洋教育參訪之旅

近年來赴台參訪交流的次數已不勝枚舉，所謂百聞不如一見，雖歷經多次參觀，然而每到一地都有不同的感受，實在受益非淺。近年來，除了台灣本島之外，先後到過馬祖訪視及澎湖交流活動，甚至遠至南洋各地，瀏覽當地文化特色，與本地文化互為比較，有許多可取之處，值得作為借鏡之處。

此行以台灣北部參訪為主，首站抵達野柳地質公園，終年受到海水侵蝕及風化作用，造就了海蝕洞溝、蜂窩石、燭狀石、蕈狀石、壺穴等奇觀，形成各種不同的奇石異狀，讓人讚嘆大自然奇妙的塑造。經過導覽人員的解說，讓大家有更深一層的認識。接著拜訪鄰近的野柳國小，聽過學校簡報，了解該校將海洋教育融入課程實施，擁有世界級海蝕景觀地質教室，整合社區資源，規劃特色場域，已有數年的經驗，並設置航海教育館，陳列無數有關航海機具。以野柳為中心，發展遊學特色課程，招攬全省各地學生到校住宿，成效頗佳，榮獲本年度典範學校。

我們順道觀賞野柳海洋世界，有海獅、海豚表演高空跳水特技，以隧道構築水族箱，展示各種稀有魚類，讓人目不暇給，認識多種海洋生物。接著路過金包里老街，此為北海岸碩果僅存的清代老街，我們品嚐了當地美食。結束本日行程，下榻於基隆市區，約好幾位基隆市的校長，在海洋廣場前欣賞港都夜景，享受海風拂面的暢快，藉著閒聊了解基隆市教育的概況。

第二天踏進基隆市八斗國民小學，該校位於八斗子漁港內，地理環境特殊。學校以舞獅來歡迎我們的到訪，錢彩雲校長帶領的教學團隊為我們分享該校研發的課程內容，運用週邊環境製作影像光碟，融入各科教學，值得我們學習。校方備妥精緻茶點迎接客人，備感溫馨。這所學校資源較為充裕，學校也能善加利用。不久，我們一行抵達鄰近的國立海洋科技館，該館尚未全部完成，以展覽、教育、收藏各種海洋生物，尤其稀有而珍奇的海生動物為主，讓大家大開眼界。未來預計打造成一座以海洋為出發點的教育與遊憩園地，化身為海洋教育與觀光休閒兼具的「海洋教育園區」。

享用豐盛的午餐後便驅車抵達國際級景觀——龍洞灣岬步道，享受海灣山岬交錯的壯闊雄偉海景，令人心曠神怡。這些地質生成特殊，因此才有優美的景觀讓遊客前來遊覽。車子沿著山路蜿蜒而上，十分驚險，到達九份，看到絡繹不絕的人潮，可想像此景點的魅力。這兒有傳統的美食可品嚐，吸引國內外觀光客的到訪。

最後一天的行程主要是以和平國小參訪為主軸，該校為六班的小校，可是社區資源豐富，隔壁為中國造船廠，門口有天后宮，鄰近為海濱地質公園及後山自然生態，趙蕙芬校長領導的教學團隊，設計完整的課程內容，去年曾獲得教學卓越獎殊榮，難能可貴。基隆市區學校在海洋教育上的推動已有數年的時間，紮下良好的根基。最後一站是位於基隆車站前的「陽明海洋藝術文化館」，以喜歡海洋、親近海洋、保護海洋、開發海洋、利用海洋為宗旨，配合不同的展示主題，結合週邊觀光資源，以寓教於樂、體驗感動的學習互動方式，帶領民眾探索海洋文化與海洋人文、地理，深入了解台灣在海洋發展的歷史，以及如何保護海洋生態，免於自然生態浩劫，並呼籲世人做到節能減碳的目標。

本縣屬偏遠離島，教學資源不足，缺乏各種較有規模的展覽館，必須跨海經由舟車往返奔波，才能親眼目睹實物景觀。近年來各校辦理外埠參觀的頻率很高，無論是城鄉交流、輔導團訪問、專業性的觀摩等，目的是吸取他人經驗，增廣見聞，擴大視野，改變個人狹隘的思維，提升教師教學效能。

教育部將海洋教育納入九年一貫課程新議題，喚起國人重視海洋生態的重要，以親近海洋、保護海洋為目標。金門屬於海島，與海洋休戚相關，生活與海洋為一體，更應重視海洋教育。海洋蘊涵豐富的資源，提供便捷的交通，是地球永續發展的憑藉，而善用海洋、珍惜海洋、發展海洋國力則是國家富強的關鍵。

臺灣得天獨厚四面環海，本島加上一百二十個以上離島與礁岩，海岸線總長度約一千五百多公里，所轄領海面積約達十七萬平方公里，為國土面積的四點七二倍，與人民生存、文化的形成息息相關。其地處歐亞板塊及菲律賓板塊交錯之際，各方海流交會，具有不同的地形、水溫、水深、水流與底質，其水域棲地格外具多樣性，海洋生物種類多達全球物種數的十分之一，東沙島礁更是與澳洲大堡礁同為世界級的珊瑚礁生態區。

人口密度高而自然資源相形匱乏的臺灣，經濟快速成長五十年之後，走向海洋、發展海洋將是永續發展的重要契機。惟臺灣四周海域雖然寬廣，卻與四鄰密接，如何與周邊國家協商或合作，也是必須審慎面對的課題。我們應體認海洋是海島型國家賴以生存的環境，在發展國家經濟的同時，海洋的永續經營是海島型國家永續發展的關鍵，也是人類發展過程中的共識。

二〇〇一年政府首次公布「海洋白皮書」，宣示我國為「海洋國家」、以「海洋立國」；為落實「海洋之保護與保全」，二〇〇四年發布「國家海洋政策綱領」做為我國整體國家海洋政策指導方針，以引導我國邁向生態、安全、繁榮的海洋國家境界；為貫徹綱領精神及目標策略，於二〇〇六年公布「海洋政策白皮書」，更以整體海洋臺灣為思考基模，透過各項政策之規劃，全面推動海洋發展。

二〇〇九年十一月六日寫於陽翟

泰寧之旅

啟程

兩年多不曾出外旅遊，趁元旦假期參加湖小教師會往福建泰寧旅遊，這是個陌生的地方，若不是旅行社介紹，真不知有這樣特殊的景點。在今年最後一天啟程，意義不凡，經過三十分鐘的航程抵達五通碼頭，連夜驅車直達福建永安縣。抵達燕景酒店時正逢跨年，酒店似乎為我們的到來施放煙火歡迎，特別準備宵夜慶賀，讓大家備感溫馨，度過一個美好的夜晚。

桃源洞

早上起來因天色昏暗，見不到新年的第一道曙光，我們驅車前往國家重點風景名勝區——桃源洞，其位於福建省永安市城北。景區規劃總面積三十平方公里，分別由桃源洞、百丈岩、修竹灣、葛里、栟櫚潭五大景區組成，分布在沙溪河的兩岸。古時桃源洞一帶山上有許多栟櫚樹，所以歷史上又稱為栟櫚山。據有關記載，唐代就有頭陀僧結廬於葛里，五代後晉時期建有栟櫚寺。明代萬曆年間當地安砂人兩郡司馬陳源湛捐資建有亭、台、樓、閣十餘處，取「世外桃源」之意改名為桃源洞，並在入口的峭壁上處刻有「桃源洞口」四個大字。

南宋宰相李綱和左正言曾在此隱居、讀書，明代大旅行家徐霞客也曾遊覽此地，並都留有詩句。從此桃源洞名聞遐爾。這裡丹霞地貌和豐富的植被形成奇峰峭壁、綠海林濤和碧水丹山。主要景點有：桃源洞雕塑、桃源洞口、鎖洞橋、觀音大仕殿、一線天、古井、望象台、跨虹橋、仙人棋盤、閬風台、古寨門等二十餘處，其中「一線天」堪稱全國之冠。

大金湖

大金湖地質公園以丹霞地貌景觀為主體，同時還有花崗岩地貌景觀和人文景觀等點綴其中。該地貌被《中國國家地理》選美中國活動評選為中國最美的七大丹霞第三名。金湖水深色碧，島湖相連，青山綠水間隨處可見丹崖懸瀑、古寺險寨、漁舟農舍和古木山花。

大夥搭乘遊艇遊湖，登岸參觀甘露寺，在細雨中漫步，遠看寺在雲霧中若隱若現，環山而上，一窺其貌。甘露寺始建於宋紹興十六年，距今有八百五十多年的歷史，由於甘露寺的岩穴上方有塊鐘乳石，形狀像龍頭，一年四季間隔滴泉，水質清甜甘冽似甘露，故名「甘露寺」。站在寺下的石拱橋上仰望甘露寺，左右各有一座形態酷似鐘與鼓的丹色奇石，人們用「右鼓左鐘，廟（妙）在其中」來形容其地理位置之美妙。當年建造這座寺廟的古人，依憑岩壁，順勢架造，採用一柱插地，把整個古剎建成由四座樓閣組成重簷歇山式木結構地建築群體。整個建築群全賴T字架下一根大柱支撐著。其建築工藝之奇特，為我國古建築所罕見。

上清溪

自從明朝禮部主事池顯方寫下「天為山欺，水求石放」的《上清溪遊記》後，這片仙境在人們的視線和記憶中消失了三百多年，直至現今才剛剛揭開她的神秘面紗，向後來人一展原始古樸的芳容。上清溪漂遊的獨特之處，在於不僅能享受原始野性的漂流之樂，更能目不暇接地欣賞到妙趣橫生的自然奇觀，感受「山中方一日，世上已千年」的無限靈趣。身處這與世隔絕的人間仙境，時間的概念將蕩然無存。待到重返人間時，一切都沒變，只是在峰迴溪轉間多了些對人生的感悟。在這樣的環境中「漂遊」，不會有飛流直下的刺激，驚心動魄的震撼，有的只會是峰迴路轉的欣喜，俗慮頓消的愉悅，與人們通常所說的「漂流」旨趣迥異。

如果說金湖是泰寧的一塊耀眼的寶石，那麼上清溪則是這寶石連綴的玉帶。上清溪在泰寧的東北部，有「九十九曲八十八灘」，以「野、幽、奇、趣、險」著稱於世，被譽為「中國最美麗的漂流」，是漂流者的好去處。上清溪漂流全程十五公里，費時兩個小時。竹筏順流而下，一進入幽長的峽谷，便見滿眼古木幽蘭，盈耳鶯啼鳥囀，灘險峽仄，高山流水，千迴百轉。兩岸丹崖翠壁，伸手可及，寬處不過十米，窄處不足兩米。特別是兩岸保持著原始狀態的茂密森林，崖壁上常年盛開的奇花異草，更是上清溪所獨有的。偶爾抬起頭，可見頭頂的懸崖峭壁上開得正豔的花兒，雖然說不出它們的名字，但它們卻分外妖嬌，或迎風起舞，或喃喃細語。一路上空谷芳菲，不知不覺地，如詩如畫的「陽關三疊」，綿長深邃的「青龍峽」，驚為天人的「落霞壁」已擦肩而過，真的是兩岸美景不及看，輕舟已過萬重山。

尚書第

這裡是全國重點保護文物之一，是明代萬曆四十四年間進士，面積達四千多平方米，主體建築為五幢，輔房八棟，分五道門一字排列，除廳堂、天井、迴廊外，有房一百二十餘間，均係磚、石、木結構。甬道、庭院、走廊、天井全用花崗岩石板鋪設，廳堂是方磚地，天井有石柱花架和石水缸。庭院前的甬道，分南北二門進出，北端有儀仗廳、接客廳。甬道設五重門樓，橫匾分別有尚書第、柱國少保、四世一品、禮門、義路、曳覆星晨、依光日月、都柬等石刻，匾額的枋欂柱頭雕刻著各種精巧圖案。尚書第建築布局嚴謹、合理，對於研究明代建築具有較高價值。

泰寧古城

泰寧歷史悠久，人文發達，早在新石器時代就有人類在此繁衍生息，西元九百五十八年建縣，泰寧素有「漢唐古鎮、兩宋名城」之美譽，朱熹、李綱、楊時等古聖先賢曾在此授課講學、著書立說，自古有讀書尚學、崇文尚德之風；北宋時期更是科甲連第、人文鼎盛，創造了「隔河兩狀元、一門四進士、一巷九舉人」的科舉盛況，加之繞城而過的金溪與山東曲阜泗水同樣西流的靈異，宋哲宗皇帝於西元一〇八六年將孔子闕裡府號「泰寧」賜作縣名，以示褒揚，延用至今。

徜徉在泰寧古街，古官宅、民居、祠堂、輔房、店面等建築讓人眼花撩亂。最能代表古建築的是明代兵部尚書兼太師李春燁的「尚書第」。從古色古香的紅軍街，可以去古城牆。「古城青銅雕塑群」沿著古城牆展現從戰國一直到紅軍長征北上，兩千多年來泰寧歷史長河中的重大事件和重要人物，在這裡可以看到這個古城更為悠遠的歷史。站在古城牆遠望，可以看到另一個泰寧。登高遠望，遠山如屏，綠蔭中時隱時現的小山，星羅棋布的島嶼，煙波浩渺的湖上馳騁的遊艇、漁舟、木筏，與山光水色融織成一幅絢麗的水墨畫。

二〇一〇年一月三日寫於陽翟

日本教育參訪紀實

因為參加台北教育大學碩士班在職進修，安排日本教育訪問活動，以作為國內教育比較，籌畫三個多月的時間，適逢暑假期間，是旅遊的旺季，機位難求。前一天晚上先住在三峽，啟程當天早上趕往桃園機場第一航廈報到，近中午起航，經兩個半小時抵達日本名古屋。

導遊是位中國大陸嫁到日本的媳婦，說了一口流利的日語，搭上遊覽車直接往熱田神宮參觀，這類神宮在日本十分普遍。區內種了多樣古老的樹，更顯出歷史的悠久。沿路行駛在平坦的高速公路，兩旁綠化相當成功，建築物整齊有序，給來訪的遊客第一個好印象。

第二天來到靜岡縣聖隸三方原病院參觀，對於安寧療護及臨終關懷，建立良好制度，預防性健康檢查相當成功；並設置直升機接送病患，縮短搶救時間，完全以社區居民需求而改變經營方式。院內設幼稚園至大學院校，是實習的最佳環境。

下午驅車至豐田汽車高岡工場，有五百位員工，年產五十萬輛汽車，自動化的生產線，準時化的要求，降低庫存量，生產管理化，強調「好產品源於好創意」，ＴＰＳ是由「剛好即時」與「自動化」兩大支柱所構成，其展開的手法包括：作業標準化或設備的自動化，以看板實施生產平準化，若要真正實踐ＴＰＳ，達到提高生產力、降低成本的目的，必須是以「反覆地問『為什麼』」為出發點，透過不斷的改善活動，徹底排除浪費，來作成「物品」流動狀態，因此豐田汽車躍居世界第一。

到達愛知健康園區，這是一處為縣民提供健康知識的場所，提供住宿及泡湯，內部設有健康度檢驗、健康科學館、運動設施體驗等三項。除了增進民眾健康知能，也能實際體驗運動效能，並在園區四周設置運動公園，隨處可見正在運動的居民，難怪日本人壽命長是有其道理。我們所有團員都參加了體適能測驗，測驗每個人心肺功能及健康狀況。健康成了現代社會的重要課題，這裡經常辦理研習供各國護理師及醫師參加，探討人類健康威脅的來源，提出因應對策。

大阪教育大學與台北教育大學是姐妹校，今天大阪教育大學特別派一輛遊覽車為我們接送，並準備一頓豐盛便當。接著在其附屬的池田小學參觀，該校曾經發生校園命案而震驚全國，校園安全成為重要課題，校內設置各種安全防護措施，校園任何一個地點若發生危險，將瞭如指掌，防範未然。

在池田小學參觀過程中發現學童注重打掃及家事工作，各角落十分乾淨，設有家政體驗教室，保健工作健全，一般教師暑假照常到校，教師定期研習進修。

參觀的大阪教育大學，專門培養幼稚園至高中學校的師資，除了一般師培科系，另設護理教師培育課程，從事學童保健及危機處理工作，是國內師範院校所不及。學校特別安排一場演講，內容敘述學校執行護理制度的特色，如何促進學童的健康，強化健康管理。

接著進行第二所醫院參訪行程，宇治德洲病院是一所綜合性醫院，連接八十餘所小醫院組成醫療系統，相互支援。其中設置老人看護制度，是一項較為特別的服務，提供老人沐浴、飲食、遊戲、繪畫等活動。接著前往京都大學參訪，適逢假日，只參觀校史館及校園，造型獨特的古樹最讓我們感到好奇，有專門的園藝工人修剪，才有如此優美的造型。

下午參觀有名的西陣織會館，以紡織出名，保持傳統技巧織布，從參觀遊客的擁擠，可以知道出名的程度。安排穿和服的模特兒走秀，成了此地觀光的新花樣，樓上展示織布漂染的文物，將織布文化保存下來。

這五日來安排的行程十分緊湊，對日本整體印象極為深刻，交通井然有序，車輛不在馬路亂停，市民遵守一切規定，到過的城市極為乾淨，早上出來運動看不到髒亂的街道，甚至每棟大樓屋頂都不見違建物，國民真正表現守法的精神。學校教師積極參與進修學習，富有敬業精神，是值得我們學習的榜樣。

二〇一〇年八月十八日寫於陽翟

馬來西亞之行

啟程

我們一批親友受到岳伯父丹斯里楊忠禮的邀請，於十月二十七日搭乘華航班機，經過四小時三十分抵達吉隆坡國際機場。伯父已派專人接機，給予禮遇通關，並搭乘他所投資的輕軌電車，從機場開往市中心，再搭遊覽車抵達萬豪酒店，先以下午茶招待我們，我們終於如願以償來到馬來西亞。

相見歡

當晚伯父特別設宴招待大家，雖然他多次返鄉省親祭祖，但從未如此接近交談，從宴席中親自感受他的親切，有長者的風範。晚宴中他暢談台灣的政經問題，對於世界各地發生的事件瞭如指掌，不愧是位大企業家。看過他的回憶錄，畢生奉行的誠信價值觀，從小調教養良好的操守，用古老的儒家思想和人生哲學及道德操守來教育楊家後代子孫。晚宴中相見甚歡，在言談中感受他的刻苦奮鬥精神，令人欽佩。

用餐後伯父特地帶我們到飯店內規劃的商圈，這些都是他一手打造的旅遊事業，內部建築風格新潮，每棟空間有不同的特色，無論藝術圖案、藝品陳列，豐富了生活空間，值得駐足細細的品味一番。商圈展示出來的服飾大多是名牌，令人目不暇給。

下午茶

這幾天安排喝的下午茶，是馬來西亞特有的生活文化。伯父特別請我們到他住的別墅喝下午茶，廚師製作南洋風味的娘惹點心，細細品嚐精緻的點心，閒話家常，並致贈每人一個大紅包，令大家感動不已。這棟別墅外觀不顯眼，可是進入內部別有洞天，客廳擺飾特殊，空間寬敞，招待賓客舒適典雅，除此尚有游泳池、健身房、展演館、會議室、酒窖、餐廳等，都經過建築師特別設計。

吉隆坡

在吉隆坡，你不但能感受到現代和歷史的交錯，還可以體驗到人文與自然的融合。這裡擁有各式各樣的購物天堂，同時也有風味十足的唐人街和小印度：林林總總的道地美食、擠滿了各種小店鋪、以及精彩多姿的夜生活。今天，吉隆坡主要為華人、印度人和馬來人三大人種定居，他們在工作場所互相合作和交流，工作之餘又各自保留了自己的文化空間。

吉隆坡人文景點眾多，國營石油公司雙峰塔和吉隆坡塔是吉隆坡的標誌性建築，象徵著吉隆坡發展的成果。雙峰塔曾是世界第一高的建築物，連接兩塔之間建造有天空之橋；獨立廣場、吉隆坡火車站等則是吉隆坡歷史留下的古蹟。其中獨立廣場是馬來西亞最具歷史意義地點之一，也是馬來西亞這個國家誕生的標誌。吉隆坡有「世界建築博物」館之稱。無論東西方的或是古老現代的建築都能在這裡找到。

馬六甲

馬六甲州位於馬來西亞半島西海岸，介於森美蘭及柔佛之間。這座歷史城是馬來西亞早期的一個重要貿易港口，曾經吸引來自中東、中國及印度的貿易商來此進行貿易活動。馬六甲先後受到葡萄牙、荷蘭及英國的殖民統治，所以使得馬六甲市區的部分地方，還保留著這些殖民統治者所遺留下來的建築物及古蹟。從文化活動、節慶及各類食物中，可以發現各文化風俗已經相互影響。市區中心的主要旅遊景點包括：葡萄牙村、荷蘭城政府大廈、聖地牙哥港口及峇峇娘惹傳統古屋等。

這座城市的舊區已經相當的擁擠，這裡有許多受保留的歷史古蹟，擠在狹小的道路角落間。馬六甲的過去輝煌歷史遺跡，大部分坐落在城市廣場及靠近河邊的噴水池一帶，隨意步行即可抵達。城市廣場再往前一點，即是聖保羅山，這裡是葡萄牙的聖地牙哥城堡及聖保羅教堂的所在地，稱得上是一趟古蹟知性之旅。

興華中學

位於巴生的興華中學是一所現代化的華文獨立中學，在一九四七年創辦，現有學生二六五〇人，秉持繼往開來的理念和精神，以「人文科技面向未來」，特別重視傳統與現代科技相結合，為深化互動教學與自主學習提供有利的條件。

岳伯父與岳伯母曾經畢業於此校，目前是學校的董事會成員，與母校關係密切，平時出錢出力，校譽蒸蒸日上，培育無數的華人成為社會頂尖人物。

賦歸

這些日子感受到伯父深情的款待，除了陪我們用早餐和晚餐，早晚特別趕到飯店噓寒問暖，表現我國傳統長者風範，讓大家十分感動。這些年來他們經常返鄉祭祖，獨資興建楊清廉紀念館，修築楊氏宗親宗祠，捐款贊助金門技術學院建造學人宿舍，慷慨回饋故鄉的例子，贏得鄉親的肯定與感佩。他一向奉行「誠信」等中國傳統美德，雖歷經種種逆境仍不改其志。其七名子女雖受西方教育，但成長過程中，他們無時無刻向子女灌輸儒家思想，更凝聚子女的力量，把所學奉獻給楊忠禮機構，躋身世界華人富豪之一。馬來西亞企業界當中，楊忠禮集團展現了強大的家族凝聚力，被形容為最成功的家族企業。家庭在他心中比事業還要重要，他善用本身文化思想、哲學的優點，發揚為拓展家族企業的原動力，為大馬的華商典範！在返鄉的途中一直在腦海裡迴盪，真不虛此行。

二〇一〇年十一月十二日寫於陽翟

鼓浪嶼

自二〇〇一年元旦金廈航線開航，廈門行成了金門人的最愛。據陸委會統計往返金廈人數，十年來增長五十倍，從開航一萬人次到今年成長五十餘萬人次，成長迅速，除了台商往返外，其餘都是金門人。

廈門對岸的鼓浪嶼也不知去了多少次，每次去看到班班渡輪都爆滿，打聽之下才了解每天四、五萬人次造訪這個島，如此吸引遊客必定有其神秘之處。這個面積不到兩平方公里，人口約兩萬人，有「海上花園」、「萬國建築博覽會」、「鋼琴之島」之稱。汽機車不允許上島行駛，因此氣氛幽靜，景色宜人。在二〇〇五年將鼓浪嶼評為「中國最美的城區」第一名。

鼓浪嶼開拓於宋末元初，原名「圓沙洲」、「圓洲仔」。明朝改稱「鼓浪嶼」。

鄭成功曾以此為軍事據點屯兵操練，對抗清兵。目前日光岩上尚存有當時建造的水操台、石寨門故址。鴉片戰爭時期，英軍曾佔領鼓浪嶼，直到一八四五年撤軍。一八四三年後，廈門開闢為通商口岸。中日甲午戰爭以後，日本佔領台灣，為避免日本進一步覬覦廈門，清朝政府決定請列強兼護廈門。一九〇二年一月十日，英國、美國、德國、法國、西班牙、丹麥、荷蘭、瑞挪聯盟、日本等九國駐廈門領事，鼓浪嶼淪為公共租界。在此前後，陸續有英、美、法、德、日等十三個國家先後在島上設立領事館。

碧海環抱中的鼓浪嶼，島上山巒疊翠，大自然鬼斧神工造就了鼓浪嶼明麗雋永的海島風光，主要景點有日光岩、菽莊花園、皓月園，均為廈門名景。鼓浪嶼屬亞熱帶海洋性季風氣候，雨量充沛，四季溫和，鼓浪嶼周邊海域為廈門港主要部分，瀕臨中華白海豚保護區、文昌魚保護區、大嶼島白鷺保護區，與金門列島隔海相望。

「日光岩」原名為晃岩，是鼓浪嶼的主要景點，擁有許多歷史石刻及勝景，登臨頂峰可將鼓浪嶼、廈門及周圍許多小島盡收眼底，日光岩頂端凌空聳立的巨石現今成為廈門的象徵，是遊客來廈門鼓浪嶼旅遊的必去景點之一；「皓月園」位於鼓浪嶼東部，建於一九八五年，是由海濱沙灘、綠樹、岩石及亭閣所結合而成的庭園，園內擁有鄭成功及其他部將的巨型銅像，寬廣盛大且栩栩如生。

在鼓浪嶼的西南隅，有一個別具一格的園林建築——菽莊花園。這個園林佔地不滿十畝，但是，它傍山臨海，園建海上，海在園中，以園飾海，以海拓園，渾然一體，遊客感到這個園林規模不小。園的主人名林叔臧，他於一九一三年在這裡建園時，有意模仿《紅樓夢》大觀園中賈寶玉居住的怡紅院，把全園分為藏海園及補山園兩部分，各造五景。從園門進去，一堵黃牆擋住了遊客視線。視野所及是一個小小的庭院，院內用盆花布置了一個花壇。只有當你從右邊的眉壽堂或左邊的拱門走出去，遼闊的大海突然展現在你的面前。這就是「藏海園」的意境，也就是讓大海欲露先藏。這是我國園林建築常用的手法。

從廈門搭乘渡輪，不到五分鐘，便可到達這座海上花園。島上的碼頭建築，造型像一座鋼琴。這是一個很有想像力的優美構思。島上居家大多有鋼琴，隨時可以聽到悠揚的琴聲，悅耳的琴聲更加強了這個島的魅力。因此，鼓浪嶼又被人譽稱為「音樂之島」。

假日來到島上旅遊，漫步在園林之中，遠望海面上的風光，欣賞不同特色的洋樓，是人生的一大享受。

二〇一一年八月十五日寫於陽翟

晉江行

上個月初接到晉江譜牒文化協會的邀請，參加該會主辦的孝道研討會。該會與金門宗族文化研究會有多次交流互訪，因逢年底，許多案件趕著結報，本會會員大多無法參加，僅由我和內人代表出席。

早上搭上最早一班往廈門東渡，碼頭已排滿旅客準備搶購洋酒，買到價格好的洋酒，旅費就夠了，難怪許多閒來無事的民眾成了往返金廈的常客。這幾年來，免稅商店生意興隆，每年賺進大把鈔票。

在廈門辦完一些事務，已接近中午時刻。我平時很少搭客運出廈門島，找了好久來到一處客運站，卻沒有往晉江的班車，只好搭野雞車了。出了廈門進入翔安，沿途車輛多起來，刺耳的汽機車喇叭不停的嗚叫，道路充滿飛揚的塵土，這是偏遠地區交通的寫照。約一個小時的行程抵達晉江市區，與周會長約定的地點會合。

晉江市地處福建省東南沿海，與金門、臺灣隔海相望，集閩南金三角經濟開放區。為全國著名的僑鄉、臺灣同胞主要祖籍地。因特殊的地理位置，歷史上，晉江在經濟、軍事、文化佔據重要地位，是古代「海上絲綢之路」重要起點之一。清代，晉江與南安、惠安，合稱「泉州三邑」。境內有全國重點文物保護單位，安平橋、摩尼教遺址的草庵寺、隋代古剎龍山寺、南朝磁灶古窯址、七千年前的深滬灣海底古森林遺址。

全市陸地面積六百餘平方公里，人口約一百萬人。自古金門從此地遷徙而來，因此居民來往關係密切。市區給人的感覺是道路寬敞，路旁綠美化做得不錯。近年來紡織業發達，市區繁榮，硬體建設如博物館、圖書館、歷史文物館等頗具規模。聽周會長稱市區正進行建築物門面改造，投入數億元經費，讓街道呈現特有的風貌。

這回來晉江正巧遇到深滬宗祠祭祖活動，會長提議前去參加，並順道看始祖陵園重建工程，約好族裡長老一起前往，預定明年清明節完工，特別邀請碧山宗親前來謁祖。晚間聚餐活動熱絡，席開七十餘桌，男女皆可參加，與金門只限男丁大不相同。晚宴採外燴烹調，富有鄉土味，難得有機會享用不同風味的菜餚。宴席中長老為我介紹給族人認識，鄉親以微笑的眼神相視，倍感溫馨，今晚過了一個很有意義的夜晚。

第二天上午，主要的研討會在晉江圖書館正式上場，會場布置得典雅有緻，主題是「重溫孝道，弘揚傳統」，開始由丁峰副市長致詞，指出政府重視孝道文化，重整社會道德是當務之急。特別邀請我上台致詞，我以孝道為一切道德的根本，重新思考傳統文化的精隨，簡短的致詞並祝賀研討會圓滿成功。

本次研討會邀集有八十篇論文，在會中邀請作者簡要發表，許多為闡述孝道精神所在，其中以廈門大學與中小學教師所提論點較有實踐之道，富有參考價值。午間與會人員共進餐廳用餐，一面享用精緻的美食，一面交談分享經驗。

晚間接受晉江地方志編纂委員會邀請，設宴招待我們，並贈一部晉江志給本會珍藏。該會希望與金門文史方面交流，互贈出版品，以獲取更多的文史資料。席間一位曾經到金門參訪的書局老闆，直誇金門環保做得好，垃圾分類十分徹底，當然有今天的成果，是我們歷經一、二十年的宣導教育，才能達成理想目標，另外和民眾的素養與配合的程度有關，金門以此綠化環保自傲，實現真正的海上公園。

二〇一一年十二月十二日寫於陽翟

輯三

校園文集

把家事當遊戲

在我的辦學理念中有一項是推動小朋友做家事。自推動以來，獲得家長正面的迴響，十分肯定這項措施，期望在師生共同努力下，培養孩子做家事的習慣，自己也要享受為家人服務的樂趣。

一般家長總以為做家事看起來似乎很簡單，但讓孩子先從和自己相關的事情做起，讓他為家中盡一份心力，從中可以培養孩子的責任感，因為家事就是家中每個份子的共同責任，整理自己的東西更是責無旁貸，大家一起使用的空間，自然有責任參與整理打掃。

孩子透過模仿家人的動作完成家事，也可讓孩子思考「怎麼做才做得好」，學習解決問題的方法。家事中除了常見的打掃清潔外，也包含了許多收納整理的部分，這個部分可讓孩子練習分類與配對，例如：襪子手套要一對一對的摺在一起。此外，將衣、襪、裙、褲等衣物根據屬性，放進不同抽屜，還能讓孩子學習物品的收納與管理。

如果媽媽做家事時心情愉快，甚至邊打掃邊唱歌，孩子看見了必定想要搶著做家事。孩子的模仿力強，要他學會做家事，父母就要提供良好的身教示範，例如要求孩子把東西收好，而家中的其他大人卻隨手擺放自己的物品，孩子的心裡勢必出現矛盾，為人父母想要孩子養成做家事的好習慣，千萬不可以在孩子面前說一套做一套。

孩子的生活充滿了各種遊戲和想像，對孩子來說，從遊戲中學習是最自然的方式。所以，不要把家事當成一種工作，應該讓孩子認為是遊戲，像是擦桌子的遊戲、摺衣服的遊戲，孩子自然能快活的沉浸其中，並想辦法玩好這個遊戲。

家人要多鼓勵、讚美孩子，要享受孩子主動幫忙的時刻，讓他做些在能力範圍之內的事，並且給予正向的回饋，但勿抱過高的期待。讓孩子從小練習做家事，不僅是為父母分憂解勞，對他未來的發展也有相當大的幫助喔！

二〇〇八年九月十五日刊載於《正義快訊》

陪孩子接觸大自然

「生態環境保護」被列為教育的主要目的之一，如果人類缺乏一個可以賴以為生的地球，我們的努力，終將失去意義。和諧的生態環境是人類心靈的故鄉，如果缺乏一個永續性的生態環境，教育只是一個缺乏靈魂的軀殼。

首先，生態是情感教育最好的學習媒材，我們每天生活在生態之中，同時也受到生態之美的牽引和感動。許多課本上的記憶，長大之後很快就會模糊和遺忘，可是我們很難忘記孩提時候，和螢火蟲第一次相遇時的「驚奇」。自然中的蟲蟻花草、飛蛾蝴蝶、甚至於村裡的老榕樹，都是人生當中最難磨滅的記憶，久久不能忘記。

其次，生態的各種動植物是引發學習動機的起點，生態本身充滿了魅力。當孩子對隻青蛙產生好奇，會去圖書館找尋相關的資料來閱讀，當他瞭解青蛙的背景知識之後，他可能會去觀察更多的青蛙，比較牠們的差異，並且設法把他的觀察紀錄下來，最後分享給別人知道。在這歷程當中，他已經學會了觀察、比較、紀錄、分析、表達以及分享的能力。這些能力就是國民教育階段九年一貫課程當中所謂的「帶著走的能力」。

自然生態也是課程最好的場域，一棵老榕樹，包含了無數的童話故事，許多的數學問題，許多植物的繁衍成長的歷程，樹的造型及顏色，以及榕樹與土地、氣候的關係。大地的許多素材都可以取代課本的內容，讓學生的學習形成一組環環相扣的主題網。

有鑑於此，本校目前積極推動「校園生態化、生態資源化」，積極營造一個「以生態為主風格」的環境，期盼為人父母多利用時間陪孩子走出戶外，接觸大自然，讓孩子在自然的生態環境當中，培養對生態的同理心以及人文的關懷。

二〇〇八年十月十六日刊載於《正義快訊》

輔導團領導人員培育班研習

本學期受教育局指定為國小數學領域召集人，我過去擔任數學科輔導員約十二年，並承辦六十四年版及八十二年版數學實驗研究課程，與數學結了不解之緣。近年來，由於擔任行政工作的關係，因此較少涉獵數學領域，因此重新進修學習有其必要。

聽了戴寶蓮校長一生奉獻數學課程，如今退而不休，是校長中的典範。她能知人善任，推薦人才，布置舞台讓新人展現才華，鼓勵輔導員不斷進修深造，發揮領導者風範；團務運作方面重視知識及績效管理，讓所有輔導員認同這個組織，邁向共塑的願景，建立優質模式，持續創新，朝向永續發展。

在花蓮縣輔導團工作分享有幾點可以借鏡：建立學生基本學力測驗資料庫；落實教師研習進修及到校輔導；建置輔導網站供全縣教師上網瀏覽利用。屏東縣輔導團工作分享極富創意，如數學教學步道設置、運用遊戲活動融入數學教學、結合師院教授研發教具、數學營隊的研習等，都是我們學習的榜樣。

游自達教授演講數學領域教科書專業評鑑與選用，以他多年評選教科書的專業經驗，舉出許多實例來檢視其缺點，強調數學教師所需要的專業知能是不可缺少，除了注重教材內容安排及能力指標外，更應重視學生學習心理、概念的形成及教材的連貫性。身為數學教師要有批判教科書的能力，才能評選一本優良的教科書。

林福來教授演講當前數學趨勢，分析國內數學教育在國際上的地位，以國內國二數學測驗為例，高成就、低興趣比例偏高，是當前數學教育省思的問題。並提出當前國際數學教育的思潮，認為好的數學課一定要能提供充分機會給學生主動思考及建構，今後輔導應把握正確方向。

最後在台北市輔導團分享中，了解北市國中數學輔導團陣容堅強，富有創意，辦理增能研習很有系統，值得學習。

本縣數學輔導團劣勢是組織上不夠健全，人單力薄，校務工作繁雜，缺少研究時間精力；縣內教師多數為語文及社會領域專長，缺乏數理教師，數學基礎知識缺乏。

未來本縣數學輔導員增能研習仍有其必要，希望多辦理縣市輔導團員互訪交流，或出國觀摩學習來協助輔導員專業成長。鼓勵團員撰寫輔導紀錄，進行行動研究，設置專任輔導員從事專職工作，才能掌控團務運作機能。

培訓新人加入輔導團，有系統辦理教師進修是未來規劃重點，才能有效提升教學能力。充實現有數學網站，有專人管理網站，即時更新網站訊息，才能與教師進行專業對話。身為數學領域召集人應深切了解數學教育趨勢，真誠關懷團員，充分尊重他人意見，促進團務和諧，才能發揮團隊力量，形塑國教輔導團新風貌。

二〇〇八年十月二十四日寫於陽翟

感恩與惜福

時光飛逝，轉眼一年又復始，回顧過去一年的校務工作，時時警惕自己，積極經營校務，期待新年更美好。

回憶當年榮任本校校長，希望打造一所優質的校園，讓孩子快樂的學習，因此積極推展校務，如教師素質的提升、學藝競賽、友善校園、校園改造的推動，獲得顯著的成果。

在硬體方面建置生態教材園、園藝栽培、圍牆整建、活動中心音響、數位化專科教室等，陸續完成，未來將爭取體育場興建、視聽中心等工程。軟體方面發展學校本位課程、加強品德及生活教育、閱讀計劃、友善校園、解說員培訓、校園植物認養等，營造一個多元學習的園地。

今日政府提供良好的教育環境，孩子能珍惜擁有的資源，認真學習，知所感恩惜福，不要辜負政府的德政。期盼各位家長多多參與學校事務，提供卓越的建言，時時刻刻關心孩子的生活，留意行為上的偏差，一起為孩子的未來打下良好的基礎。

在此歲末年初之際，一方面檢視過去的努力有哪些未達理想，一方面策勵未來的重點，共創親師生雙贏的未來，並祝福大家新的一年順遂如意。

二〇〇八年十二月三十一日刊載於《正義快訊》

淺談教改問題

教育改革是政府既定的政策，媒體應配合做正面的宣導才是，然而卻專挑毛病報導，也許是因政黨角力因素，讓教育涉入政治問題，其爭議性更多。如建構數學被批判得最嚴重，本人曾參與八十二年版的數學科實驗課程，這套教材歷經實驗、試用、修正再全面推廣，投入龐大的人力和物力，經過各校使用後的評價都不錯，可是受到立委的質疑之後，引發社會的震盪。

平心而論，想在短短的時間內編輯一套完整的教材談何容易。有的國中學校舉行數學測驗就冒然公布成績，斷定成績程度低落，質疑是建構數學惹的禍，遭受魚池之殃。自從開放民間版本之後，數學科課程比統編本難易度相差很大，因此進入國中以後，課程銜接落差更大是自然的現象。如今我們需要一套完善的評鑑標準，才能真正測驗出學生的學習程度。

再說教科書的問題，政府順應民意開放民間印製教科書原是一番美意，可是造成後遺症，課程改革中教科書開放為審訂機制，學校教師選用教科書，出現不同學校使用版本不同且樣式眾多，造成家長及學生疑慮，因版本不同讓學生轉學銜接產生困難，由於課程內容缺乏實驗與試用過程，品質當然無法保證。另一方面是本土意識抬頭，過於強調母語教學，推廣上有許多困難點，讓基層教師無所適從，衍生狹隘的本土意識，必須加以導正。一綱多本的困惑造成補習的歪風，家長總以為孩子學得不夠多，不能輸在起跑點，因此孩子被壓得喘不過氣來，加上多元入學方案無法定案，雖然教育部強調「讀完一本，通曉全綱」，但學校、家長對此仍然存疑。

新課程精神立意甚佳，只是修改的幅度較大，其揭櫫「課程綱要、學校本位課程取代國家統一課程標準」之主軸精神，課程改革的成敗關鍵在於教師的熱忱付出，先決條件是教師要能從內心認同此一主張，並賦予教師增能的機會，譬如深耕種子團隊的儲訓，才能積極投入教改行列；化解社會大眾與教師的疑慮，結合社區資源及家長的力量，唯有全民主動參與與支持，認清教改的方向，教改的亂源可休矣。

二〇〇九年三月十八日刊載於《正義快訊》

點亮孩子的希望，許孩子一個未來

——夜光家族分享

剛開學時，輔導組提出「夜光天使計畫」，我毅然做出承辦本專案的決定，自二月底實施至今正好滿一個月，全體參與的同仁在摸索中求取經驗，希望能完成本計畫目標。

日前教育局通知承辦學校派員赴台北市國家圖書館，參加夜光家族分享交流，我很榮幸能參與此盛會，實際觀摩各縣市推動的成果，作為本校實施的參考。看到各縣市將推動成果以圖表及實物陳列展出，收集學生平日製作的感恩卡、美勞作品、學習檔案等，布置得琳瑯滿目，展現各校辦理的特色。

在分享大會中，朱楠賢司長致詞時特別感謝各界參與點燈的天使，是做功德的表現，默默的付出心力，已獲得各界極佳的評價。自九十七年九月起試辦，由一百多個據點增加至三百多個據點，目前約七千餘人受惠，未來希望再擴大辦理，讓更多弱勢兒童獲得妥善照顧。

在關懷與督導分享中，首先由郭靜晃教授就訪視各據點表現的優缺點提出說明，強調政府由推動課後照顧到夜光天使計畫，利用夜間提供弱勢兒童更安全、更完善的照顧，在學習的歷程有更好的協助。接著由鄧運林教授說出訪視心得，本計畫的實施是教育系統與兒童福利系統攜手合作，創造了教育的奇蹟，看到許多夜光天使如斐斯塔洛齊的身影在全省各個角落發光，許多感人溫馨的故事不斷的上演，的確可喜可賀。大會特別安排新竹市舊社國小等四個縣市據點，做經驗分享，展現各據點的特色，以相互觀摩學習。

從資料中顯示，全國約有三十七萬弱勢兒童，俗稱「浮萍兒」，亟需政府及各界伸出援手，目前只是一小部份孩子受惠，尤其在金融風暴肆虐的今天，家庭經濟狀況惡化，疏於照顧的孩童持續攀升，更需要社會投入更多的人力和物力。記得兩年前曾經到台北縣泰山鄉參訪，那時該鄉的社區已推動「小太陽計畫」，專門收容一些疏於照顧的孩童，免於在外遊蕩，誤入歧途，製造社會問題，可稱是最佳的運作模式。

這次夜光家族分享中感受到社會上仍然有許多善心人士及慈善社團，奉獻心力致力服務弱勢族群，目前需要更多民間團體、機關學校投入此一家族行列，身為第一線的學校更是責無旁貸，勇於承擔此項任務，扶助正需要幫助的孩童們。

今天我們看到地區許多在外遊蕩的青少年，大多得不到家庭的溫暖，受到社會上聲色場所的誘惑，沉迷墮落，陷入孤獨、憂鬱、中輟、犯罪等惡性循環，令人惋惜；加上單親、隔代教養、新移民子女、低收入戶等家庭，人數持續增加。如果有更多的社團學校投入，付出愛心與關懷，相信會有所改善。

實踐「多一點課輔，少蓋一所監獄」的理念，使每個需要教育照顧的小小心靈角落，就有夜光天使的關懷與協助，讓我們一起來為弱勢孩童點亮希望的燈。

二〇〇九年三月二十九日寫於正義國小

城鄉交流活動感言

十月中旬來自台北市健康國小師生蒞校交流，為期三天的交流活動，讓遠從台北的小朋友感受到本校熱情的招待，體驗一下鄉村的生活樣貌，獲得實質的成果，展現主人待客之道。

經過三天的參訪交流後，獲益良多，從台北市來的小朋友口中聽到好喜歡金門，戰地的、建築的、自然的……擴展他們的視野，滿載而歸。再說本校學生也學習待客的道理，伸出友誼之手，展現本校特色。雖然都市裡的孩子擁有優渥的環境，而生長在鄉下的小朋友，仍然可以展現自己的自信心和長處，發揮獨特的本能，不能有自卑的想法。

兩校的學生在海濱快樂的挖沙蛤、學習跳鼓陣、打鑼鼓等活動，都是新鮮的體驗活動，彼此可以留下美好的回憶和友誼。辦理交流的目的為增進學生視野，擴大城鄉交流互訪，消弭城鄉差距，健康國小林其賢校長也期盼本校組團互訪，透過交流可多擷取他人長處，以彌補自己的短處，以創造更美好的未來。

二〇〇九年五月十八日刊載於《正義快訊》

營造綠色校園

學校是培育國家未來人才之心靈與行為養成的場所，校園環境中的一草一木、一磚一瓦對學生均有潛移默化的深遠影響，而這也正是環境教育重要的地方。

「永續發展」是廿一世紀環境教育的主題，「永續性的校園」是廿一世紀校園建構的主軸。教育基本法第二條也將「生態環境保護」列為教育的主要目的之一。如果人類缺乏一個可以賴以為生的地球，我們的努力，終將失去意義。和諧的生態環境是人類心靈的故鄉，如果缺乏一個永續性的生態校園，教育只是一個缺乏靈魂的軀殼。

因此，生態在校園當中具有多重面向的意義。首先，生態是情感教育最好的學習媒材，我們每天生活在生態之中，同時也受到生態之美的牽引和感動。許多課本上的記憶，長大之後很快就會模糊和遺忘，可是我們很難忘記孩提時候，和螢火蟲第一次相遇時的「驚奇」。校園裡的蟲蟻花草、飛蛾蝴蝶、甚至於校園裡的老榕樹，都是人生當中最難磨滅的記憶，久久不能忘記。

其次，生態的各種動植物是引發學習動機的起點，生態本身充滿了魅力。當學生對一隻青蛙產生好奇，會去圖書館找尋相關的資料來閱讀，當他瞭解青蛙的背景知識之後，他可能會去觀察更多的青蛙，比較牠們的差異，並且設法把他的觀察紀錄下來，最後分享給別人知道。在這歷程當中，他已經學會了觀察、比較、紀錄、分析、表達以及分享的能力。這些能力就是國民教育階段九年一貫課程當中所謂的「帶著走的能力」。

校園生態也是統整課程最好的場域，校園裡的一棵老榕樹，包含了無數的童話故事，許多的數學問題，許多植物的繁衍成長的歷程，樹的造型及顏色，以及榕樹與土地、氣候的關係。校園裡的許多素材都可以取代課本的內容，讓學生的學習形成一組環環相扣的主題網。

有鑑於此，本校積極推動「校園生態化、生態資源化」，積極營造一個「以生態為主風格」的校園，讓學生在自然的生態環境當中，培養對生態的同理心以及人文的關懷。

二〇〇九年六月十五日刊載於正義快訊

建構溫馨的校園文化

接任校長以來，秉持自己的辦學理念，期望建構舒適健康的學習園地，營造溫馨和諧的校園，讓兒童快樂的學習成長，才能形塑良好的兒童氣質。耕耘優質教育，推動健康，促進學校無煙校園、綠色校園的推展，校園節能、資源利用等；如教學步道設計生態教材園，社區資源規畫活動設計，激發學生探索學習，發揮境教最佳效能，開拓創新的永續校園目標。

本校正在推動「生活體驗學習　改造校園文化」教學方案，透過團隊學習，運用「新」思維，「創新」學校經營，改造了整個學校的體質，讓正義國小及社區都躍動起來，共同開發學生的潛能，並相互合作推動多樣的學生展能活動，激發學生創意，以現有的資源，創造無限的可能。期盼能經由學校經營的創新，開創孩子們無限的可能，讓學校充滿活力、散發光彩。

在教學方案中重視生活教育，從「家事生活體驗學習」創意活動，培養學生生活能力；辦理「小小解說員」、「話說洋樓歷史」創意活動，開展孩子另類潛能；推展「社區有教室——尋根探源」學習活動，轉化社區風氣；辦理「海洋生態復育」活動，將保育意識融入生活中。秉持「做中學的成長歷程」的理念，把嚴肅的教學理論融入活潑的教學中，這樣才能讓辦學理念在學校播種、生根、發芽、茁壯。

現今教育強調生活教育的重要，許多行為改變的技巧，透過各種方式導引由惡入善的歷程，以「健康、快樂、溫馨」的願景規劃學校未來的藍圖，讓全校師生共同經營，認同學校的做法，發揮團隊合作的精神。其實我們有許多傳統的教育方式必須適時調整，過去我們一直要求遵守一些無趣的教條規則，權威式的壓迫，很難改變學生的錯誤行為，如果由自發性的省悟，而有所改變其行為，才是符合教育的目的。

校園裡有時看到師生間的衝突，起源於溝通的不良，老師可能缺乏民主過程，兒童的想法沒有獲得尊重，疏於關懷，師生間缺乏信任感，雙方的互動因而受阻；再說父母與兒女之間不和，緣自父母對孩子要求過於嚴苛，不知如何誘導孩子面對問題，不了解孩子的心聲，因此轉向同儕去談心，結交到惡友而不知，問題就逐漸形成。國內有百分之八十六的家長只教孩子讀書，忽視生活教育，是共同的毛病。我們要重視人文教育，重視如何陪孩子成長，重視生命；當人格建構完整，人的潛能被啟發，至於孩子的學習只需在旁協助就行了。人的品格教育最難養成，期望在國小階段能建構完整的人格素養。唯有用心經營學校，才能獲致美好的成果，印證了一分耕耘一分收穫的道理。

實現學校成為學童學習成長的樂園，使學校成為社區最信賴、最有效能的學校，讓學生快樂學習，教師尊嚴教學，家長信任參與的教育園地，朝向學校永續發展目標邁進。

二〇〇九年六月十五日刊載於《正義兒童》第九期

力爭上游，出類拔萃

——陪伴學冠領獎

當教育部發布本校陳學冠同學獲選為今年度總統教育獎得獎人，全校師生聞訊欣喜若狂，大家引以為傲，接著記者紛至本校採訪學冠獲獎的歷程與感言，並做大幅報導，全校分享得獎的喜悅。

六月初收到頒獎典禮事宜，學冠的母親平日甚少出門，希望學校老師能帶隊參加，香梅老師正逢暑假碩士班進修，因此由本人親自帶領學冠家人前往台北受獎。一個多月匆匆過去，訂於七月十五日舉行頒獎典禮，我與學冠以及他的母親於前一天下午搭機來到台北，由三重商工的接待人員在機場接送，下榻於晶華酒店，很榮幸住宿在這麼高級的飯店。

第二天上午在三重商工綵排，將頒獎流程預演一遍，看看進行是否流暢或瑕疵，因為下午在總統府頒獎十分緊湊，不能馬虎，從報到至演練共花了三個多小時，吃完豐盛的便當，全體參加人員搭乘六輛遊覽車浩浩蕩蕩進入總統府廣場，大家都急著窺探這神秘的面紗。

大家依序排隊進入總統府內，經過一番搜身檢查才進入會議室，會議室布置得非常典雅，成了頒獎會場。典禮開始先由郭素春、江義雄兩位立委致詞，再由黃召集人肇松致詞，語多訓勉鼓勵獲獎學子，堅持自己的目標，勇往邁進。在掌聲中歡迎馬總統蒞臨會場，勉勵所有同學在未來的人生道路上，永不放棄，奮鬥到底。強調舉辦此項獎項為鼓勵逆境的孩子，在困境中改變人生，創造美好的未來。

特別引用美國蘭迪．鮑許教授的一句話：「我們改變不了上天發給我們的牌，只能決定怎麼打這手牌」。總統說，有些條件的確是先天決定，但後天的努力往往可以改變先天的限制，尤其是透過恰當的方法，先天的障礙有時候反而成為後天奮發向上的來源。在頒獎中數度擁抱得獎同學，對來到台上有多位行動不便者，極為關心，疼惜這些身體有缺陷的孩子們，語帶激勵肯定，與家屬老師話家常，一起拍照留念，展現其親和力，讓大家如沐春風裡。

在頒獎過程中，看到幾位肢體殘障，勇敢面對挫折，珍惜生命的故事；因車禍受傷而堅強的站起來；有的家庭遭遇變故，在逆境中長大；有的罹患絕症，與病魔抗衡，永不屈服，每一個故事都有一段感人的辛酸史，讓在場的觀眾感動落淚。

頒獎完畢，由府內解說員為我們引導參觀總統府藝廊及文史資料，由總督到總統府，走過九十年的歲月，欣賞這雄偉的建築，依然聳立到今日，深切體驗日本建築的堅固美觀。

總統教育獎設立迄今已進入第九年，最重要的意義在於發現並獎助一些身心障礙、身處弱勢逆境但仍力爭上游、表現優異的學子，希望透過這個獎項的鼓勵，彰顯得獎者的典範，也激勵其他學子見賢思齊，效法他們的精神和毅力，一起向上發展。本次頒獎芳名錄以「力爭上游，出類拔萃」為主題，計有高中、國中、國小三組共四十六位學生獲獎，在複賽一百五十一位篩選出來，競爭激烈，國小組六十一位選出十七位，本校陳學冠脫穎而出，實屬可貴。

今日的獲獎除了分享這份至高的榮譽，以此成為學校教學的活教材，作為學生的典範，時時刻刻激勵自己，奮發向上，珍惜生命，才是實踐總統教育獎設置的意義。

二〇〇九年七月十七日寫於陽翟

淺談數學科普閱讀與應用

數學領域自九年一貫課程實施以來一直備受爭議，以致課程綱要是最後才公佈，社會各界為課程內容的難易爭執，加上政府開放審定本，因此出版商百家爭鳴，由於課本編輯印刷倉卒，導致許多家長質疑八十二年版的建構數學，引起廣泛討論。

教育部為因應此一階段亂象，因此自九十二年度起設置課程督學，培訓各縣市輔導團員成為優秀種子教師，推動課程深耕計畫，巡迴各校輔導，落實學校課程推動。於九十五年度訂定精進課堂教學能力計畫，分為子計畫一、二、三，強化縣市教育局掌握教師進修重點，輔導團有效能的運作以及學校層級或學區教師進修的模式，諸如增能校長教學領導知能，邀請教學卓越團隊分享，專業評鑑推廣研習，教師精進課堂教學能力示範教學範例甄選，多元評量與紙筆測驗等。

多年來參與數學新課程實驗工作，個人極為認同八十二年版國小數學課程推動的嚴謹，課程架構完整，只是後半段推展未落實，媒體大肆批判，更引發社會的疑慮。近年來發現學生對數學缺乏興趣，自六年級開始有拒絕學習數學的趨勢，學習成就低落，尤其在國中階段最為嚴重。根據林福來教授指出當前數學趨勢，分析國內數學教育在國際上的地位，以國內國二數學測驗為例，高成就、低興趣及低成就比率偏高，是當前數學教育省思的問題。並提出當前國際數學教育的思潮，認為好的數學課一定要能提供充分機會給學生主動思考及建構，今後輔導應把握正確方向。

今年接任國小數學領域召集人，在本輔導團在張志猛、洪瓏鳳、陳佩玉三位輔導員的規劃下，在九十八年度辦理精進教學輔導計畫，主要為強化輔導員及學區領域老師應用數學科普讀物融入教學之能力，研發優良教學示例及讀物推薦內容，提供本縣數學教師教學參考。

過去的數學研習進修與教學根本沒有人涉及數學科普讀物，學校圖書館也少見此類書籍，經過幾次收集有關科普讀物，對它稍有些了解。長久以來，艱澀的公式讓學生對數學興趣缺缺，如何讓學生不在數字海裡載浮載沉，唯有透過具有故事性、趣味性的數學普及書籍，從不同角度看數學的內涵，讓學生擺脫對數學的刻板印象，從中體會數學樂趣。

其實數學本身是一門與生活、自然息息相關而且有趣的學問，如數學家的介紹，從中可以知道數學家的生平，追尋他學習、研究、思考的歷程及對世界的影響，甚至一些趣聞傳說。經由數學科普書籍的介紹，你將知道數學並不止是課堂上所接觸到的，令你感到枯燥乏味的公式而已。事實上，它的應用與趣味可是出乎你的想像呢！也可以藉由逛逛其他網站，來輔助學生自我學習、成長，能夠多吸收更為廣泛的數學相關知識。

譬如《沒有數字的數學》一書，主要介紹的概念，是利用一些點，以及點與點之間的連接關係，來描述彼此之間的關聯性。例如，大家最熟悉的網路，就是這種數學模型所能詮釋的最佳例證。其他，在ＤＮＡ序列的排定、積體電路的設計、以及很多實驗設計的研究也非常仰賴這種模型；研究這種模型的學問，就是近幾十年來非常受到重視的圖型理論。

李家同教授提及數學不一定要和數字扯上關係，數學是一種訓練你很能合邏輯思考的學問；一旦學會思考，數學也不會有多困難。有了好的數學思考能力，由於數學乃是科學之母，其他學科的學習也會容易許多，甚至人文科學的各個學科也不例外；因為所有的學門都有它符合邏輯的推演過程，一旦這個關係能夠被你掌握，而且也能充分了解，那麼學習它還會有困難嗎？

現任教育部九年一貫課程與教學數學學習領域輔導群總召集人鍾靜表示，推廣中小學數學普及書籍閱讀的目的，就是要讓孩子喜歡數學，國中小愈來愈重視閱讀，但推薦書單中少有數學相關讀物，希望老師多給學生機會接觸相關書籍。近年推動數學繪本閱讀教學，國小教師反應不錯，將編印推薦國中小數學科普讀物，提供中小學教師參考，未來年度的重點工作則是推動初階及中階數學閱讀運動，並持續鼓勵辦理跨縣市工作坊，分享經驗。

數學科普讀物主要內容有數學史、生活內容、跨領域連結、數學知識、教學方法、數學思考與解題等，有鑑於國際數學普及書籍出版歷久不衰，同時鼓勵推動中小學生閱讀相關書籍，台灣師範大學數學系、教育部九年一貫課程與教學數學學習領域輔導群，陸續舉辦數學普及書籍國際研討會。這次數學辦理重點為數學科普讀物閱讀與應用，透過這次的研習，讓教師了解科普讀物的益處，運用於平日數學領域教學，融入相關教學內容，今將這次研習成果彙集成冊，分享給地區教育夥伴。

二〇〇九年九月十日寫於陽翟

數學領域輔導研討會紀實

今年剛接任數學領域召集人這個職務，又重新回到以往數學輔導工作，與數學結了不解之緣，因此免不了參加各種會議及研習活動。這次奉教育局指派到台北教育大學參加全國性的數學研討會，與來自全國各地教授、校長、輔導員齊聚一堂，共同探討數學推動問題及成果分享，此行收穫甚豐。

最引人注意的有幾位推動數學實驗課程的老兵，如周筱亭研究員、鍾靜、謝堅教授等，尤其周筱亭研究員從六十四年版到八十二年版數學課程，從板橋教師研習會到國立教育研究院，奉獻其一生的青春歲月在數學教育，其精神令人讚佩。

這次會議分專題報告、論文發表及跨縣市工作坊成果分享。論文發表分三個場地由三組人員擔綱，首先由嘉義縣興中國小推動學校本位課程，在校長及同仁努力下，歷經七年後，終於有成，課程設計變化有趣，教學創新，除了學生增加對數學學習興趣，低成就學習也有明顯進步，引起與會人士震撼。

接著由北市國中輔導團呂虹毅老師及台南縣王儀雅老師，分享推廣國中數學科普讀物的心得，一般老師或家長都認為數學學習就是一直做數學題目，閱讀紙是語文學科的事。美國學者柯爾認為數學閱讀能力是一種重要的數學能力，是數學思維的基礎，對於解決問題具有重要作用。從選書及如何著手指導閱讀，透過數學科普閱讀提升興趣與能力，有良好的效果。

此外由苗栗縣輔導團召集人陳招池校長暢談十年來輔導的心路歷程，以及台北縣、彰化縣數學輔導模式之探討，都有其優點供他縣學習參考。接著由北區、中區、南區簡短報告各區工作坊的成果。

最後由中央團組長洪雪芬老師作期末報告，以及總召集人鍾靜教授報告年度執行成果，未來推動的展望，從論文發表到科普閱讀推廣，都匯集編印成書，可分享全國各地，看到許多默默奉獻於教育的同仁，努力的成績終於開花結果。

本縣今年度輔導團也推動科普閱讀計劃，希望各校從數學閱讀，養成學生有主動學習的習慣，訓練學生分析推理能力，促進思維發展，提升學生的興趣與能力，嘗試改變傳統教學模式。

二〇〇九年九月十五日寫於陽翟

家長在新世代扮演的角色

父母是形塑孩子的推手，一句廣告用詞：「不要讓孩子輸在起跑點上」，讓大部分的父母用盡心思將不同的養分澆灌在孩子身上，我們已經進入E世代的二十一世紀，有許多的觀念仍然非常的不正確。

目前學生國語文能力普遍退步，多數只讀教科書，不讀課外書籍，無法從閱讀中吸收文化，因此從小養成自律自學的習慣是相當重要。父母要放寬心，重視道德教育，養成良好生活習慣；孩子需要甜蜜的家，提供孩子正常的成長環境，尤其童年生活影響終身的健康。

孩童神經愈刺激，聯結愈緊密。神經發展在十二歲以前完成，創造孩子自主學習的情境與動機，人類的科技進展神速，不斷的在推翻以前舊有的知識，建構新的知識。想像力是創造力的來源，給自己和孩子一點想像的空間，培養孩子成為具有智慧的人。

希望落實現今教改工程，藉由教師、家長、學生及社區人士共同營造一個美好的教學環境，讓下一代的教育更美好，各位家長別讓你的孩子贏在起點卻輸在終點上。

二〇〇九年十月十七日刊載於《正義快訊》

歲末感言

——回顧過去，策勵未來

光陰如梭，帶走了舊年又迎接新年到來，每逢年關總是感觸良多，平時忙忙碌碌的工作，很有規律的生活，少去煩惱身邊的事，到了年終感受一年又不見了，該有所省思的時刻。由於國內教育普及，社會轉變迅速，資訊發達，要求標準過高，使人感到焦慮不安，人們越無所適從，越無法找到快樂和寧靜。

近來深切體認未來國家主人翁的基本能力在衰退中，生活禮儀不在乎，也許是家庭教養忽視造成的、還是社會教育失敗？多年來總覺得人格修養的養成最難，外界的利誘使他無法自拔，越陷越深，許多同仁感慨現在的孩子難教，不像往日孩子那種憨厚的天真無邪。

今日的教育，由於過度強調智育，以升學為教育的唯一指標，結果疏忽了個人能力的開展，生活智慧的啟發，以及對生命的敬重與肯定。導致文化生態的扭曲，個人精神生活的空虛，道德責任的虛弱與貧乏。雖然我們一直強調五育均衡的教育，那只是空談而已，並未真正落實在學校生活裡。

前教育部長郭為藩曾說過，現今的教育偏重知識的灌輸，忽略了人格的薰陶，人文的素養是需要透過古典經籍、琴棋書畫、詩詞歌賦等文化素養的涵泳，也即是我國或西洋從文雅教育開始。目前大學也重視通識教育的推動，似乎也難挽回今日社會的糜爛。社會的種種亂象，以孔子的儒家思想去衡量，無法比擬。

現在社會已沒有誠信可言，隨時隨地都可以接到詐騙集團的電話，花招百出，騙走了無數人的錢財，甚至許多因此欠債而走向絕路，害死多少生命與家庭。整個社會充滿不確定感，朋友之間互不信任，親情也漸漸疏離，兄弟情誼不如以往的親密。

在此期許學校教育結合家庭教育，共同努力塑造每位健全人格的孩子，培養獨立自主的精神，迎接未來的挑戰。

二〇〇九年十二月八日刊載於《正義快訊》

超越自我，精進教學

近年來，為了回應社會大眾對教改的期望，在教育行政當局及學界人士的推動下，推動了「開放教育」、「田園教學」、「方案教學」、「多元智慧教學」等教學創新作法，這些創新的教學正考驗著每位教師的專業知能，如果你有二、三十年的教學實務，而仍然抱持傳統的教法，那可能面臨被淘汰的命運，為社會所詬病。

處在多元開放的社會裡，教師更需要具備專業能力，更需要自我反省，檢核自己的能力，如課程統整、多元評量方法、輔導諮商能力、班級經營的理念、資訊科技融入各科教學、行動研究、專業知能等，才能有效運用於教學上，譬如媽媽做菜，如果不求變化，迎合孩子的口味，那還有什麼食慾可言。尤其近來兒童獲得資訊容易，不知求新求變，兒童當然枯燥乏味，自然缺乏學習的樂趣；再好比辦理校外教學時，你至少了解當地的自然景觀生態，才能加以解說。

如何提昇應有的專業能力，除了主動參與各項研習外，最重要的是靠自己的進修才是最根本有效的策略，目前有關教改的教學叢書不勝枚舉，教師如何選擇閱讀；網路資源豐富，你怎樣去搜尋利用；如何做行動研究分析教學上的問題；班群間如何實施專業對話，分享教學經驗；如何設計規畫班級經營策略；如何建構教學檔案等；如何建置網站分享教學資源，這一切必須運用課餘時間去完成的。因此每位教師的時間管理是非常重要，在寒暑假裡能充分利用，達到進修的目的。

前國北師院歐用生校長說：「目前中小學教師進修教育，仍有許多盲點，急待突破。其中最大的問題是進修教育未培養教師專業發展能力。」因此真正的教師進修目標，要能促進教師專業能力，培養教師自我成長能力。為維護教師尊嚴，提昇教師專業發展能力，迎接教育改革的聲浪，無論是教育界的老兵或菜鳥，無懼於任何的挑戰。

本校鼓勵教師參與進修，將研習後紀錄自己的心得感想，在教務組的彙整之下，才有本專輯的出版，藉由彼此的心得交換，分享經驗，自我省思，精進教學。本次倉促付梓，難免掛一漏萬，而有疏漏之處，期盼各位不吝指正。

二〇〇九年十二月九日刊載於教師研習專輯

珍重再見

——給六年級畢業同學們

「南風又輕輕的吹送，相聚的光陰匆匆。親愛的朋友請不要難過，離別以後要珍重。綻放出最絢爛的笑容，給明天更美的夢，親愛的朋友請握一握手，從此以後要各分西東……」那美麗又感傷的驪歌又再度響起，當鳳凰花開時節，正是你們即將離開母校，邁向人生的另一階段，回想這六年來的點滴，走過這美好的六年，將帶著大家的祝福，飛得更高、更遠，再會了！

六年前的你，是天真懵懂的孩子，因為這裡的一切，才有現在的你。在六年中，有很多珍貴的回憶，那刻骨銘心的日子，將永遠無法忘懷。祝福所有畢業生：鵬程萬里，勇敢的追尋夢想！

當你想起這些年來的小學生活，有歡笑、有淚水、有成功、有失敗，每當寂寞時有朋友陪伴，快樂時有朋友分享。那些共同學習、共同成長的同學們，和那些值得尊敬的師長們，都難以忘懷。

在這小學的日子裡，儘管有永難磨滅的回憶，但天下那有不散的筵席！不過，畢業並不是一個結束，而是另一個階段學習的開始，希望帶著老師的教誨，和同學的祝福、昂首闊步，勇敢的邁向新的未來。

「人生如行雲流水，歲月似落花飛絮」，在畢業前夕，雖然離別的不捨遠勝於長大的喜悅，但是小學生涯的結束，代表的是人生另一個階段的開始，一定要永遠記得老師的教誨，及同學相知相惜的情誼。

二〇一〇年六月十五日刊載於《正義兒童》第十期

環境教育研習心得

為期兩天的環境教育研習在湖中舉行，由於環保議題在今日的教學當中，必先有正確的認知，才能有效的推動，誠如教授在研習中感嘆年輕一輩的認知模糊，甚至連博士生入學考試都有錯誤的認知，值得教育當局深思。

在南投縣環境教育輔導團分享該縣推動的成果，可看出他們結合縣府資源，極力推動綠校園活動，建置環教資訊網，以及推動上的省思。南投縣環境教育輔導團願景是永續、創新、精進、卓越，在推動上以創意、自信、努力、整合、轉化，全面落實推動。

下午在王弘毅老師指導能源教育教學推廣，將能源的開發、效應、管理以淺顯的例子導入生活上的實例，讓大家了解能源利用的效率，達到節能省碳的目的。

第二天研考室陳朝金主任報告金門永續發展規劃與執行，從永續願景、資源規劃、生活產業、生物多樣、永續教育到健康醫療，以「觀光立縣、文化金門」為發展主軸，讓我們這一群從事教育者明瞭永續發展的內涵。接著台灣師大環葉欣誠教授談全球暖化與能源教育，由於暖化帶來全球災難，氣候變遷讓地球環境日益惡化，從許多數據證實，如果國家節能減碳政策不落實推動的話，未來地球將加速毀滅途徑。節能減碳是一種態度，也是一種策略，需要意識、瞭解與行動的配合。

台北縣屈尺國小郭雄軍校長談「在地遊學」，教育部於九十六年開始推動，每年評選特色學校，全面帶動「旅遊新概念，學習新主張」，形成一種創意教育風潮。行政院農委會之休閒農業政策，以農林知識經濟積極推動「校外教學」、「生態教學」、「體驗學習」等教育服務活動等。大多結合地方性、社區性之人文、歷史、產業等皆為生活文化學習的體驗。以「在地全球化」為目標，藉由資源整合打造特色遊學圈。

目前本校積極推動環境教育，如廣植原生植物、建置植物生態園、增設太陽能發電、廢水回收利用、作物栽培體驗等，由學校做起，讓學童從小學階段紮根，再延伸與社區資源結合，務求學校生活、課程教學、行政管理、軟硬體設備均能達成永續發展之校園。

二〇一〇年六月二十五日寫於陽翟

紓解孩子的壓力

人生路上，每個人會無數次被自己的決定或碰到的逆境擊倒、欺凌甚至碾得粉身碎骨。我可能會覺得自己或別人似乎一文不值。挫折是一種財富，但只是對那些勇者的獎勵，而對於那些怯懦的人，挫折則常常是痛苦和沉淪的前奏。

家長督導孩子自我生活管理，合理要求孩子研讀課業時間，協助孩子養成多元運動休閒習慣，生活中首先釐清總壓力程度，估算總壓力所需資源，衡量自己所能負擔的資源，找出關鍵所需的時間資源。

人生遇到挫折也將為邁向成功奠基，例如孩子參加科展沒得到名次，也許會心灰意冷，如何超越挫折才能邁向成功之路；災難讓我們浴火重生，例如九二一地震受損的學校及學生，艱辛的重建之路；機會永遠留給有準備的人，例如參加模範生選舉未被選上的人，應該檢討自己是否準備好了。

生命的意義在於過程而不是結果，其間的成功和失敗並不是最重要的。你會發現幸福與憂傷同樣都是生活的填充物。平日落實督導孩子自我生活管理，有充足的準備時間，自然不會徒增壓力，才能面對生活上各種挑戰，做時間管理的主人。

現代人幾乎都擺脫不了的煩惱，要面對煩惱的來源，進而解決它，若是無法解決的煩惱，就學著放下它，不要強求，幸福、正面的心情便會隨之而來。

二〇一〇年九月二十日刊載於《正義快訊》

品德教育的重要

品德教育屬教育本質之基礎工程，乃兼顧知善、好善與行善之全人教育，其亦是對當代社會文化持恆思辨與反省之動態歷程，故於此刻循教育管道，強化具時代意義之品德教育，藉以促進家庭與社會教育之良性循環，確有其必要性與重要性。然而品德教育不僅在強化個體優質品格面向，增進個人生活幸福，更期奠定公共領域之共識基礎與規範，增強身為現代公民應有之核心價值、行為準則與道德文化素養，使社會朝向良善發展。

綜觀當今教育思潮，美國十餘年來業已積極推動「新品德教育」，強調當代核心價值，且以多元教學模式加以推廣；英國則於近年推動「價值教育」與「公民道德教育」課程；鄰近之新加坡、日本亦始終重視學校道德教育之實施。長久以來，我國學校教育所努力與擔負之「德育」功能，固有其某種程度的效益，其貢獻亦不容抹煞，然內外在環境之遽變，家庭與社會教育功能式微甚或負向影響漸顯之際，品德教育勢須在重重桎梏與衝擊中，以嶄新思維與開放胸襟，並結合學校、家庭與社會，共同創建一個新的方向與願景。

十月底參訪馬來西亞華文學校，學校極為重視倫理道德的薰陶，保持中華傳統文化的精髓，值得國人省思，有必要重新檢視國內的道德教育。

二〇一〇年十二月十二日刊載於《正義快訊》

耕耘與收穫

耕耘與收穫，很明顯的就擁有著一個密切的因果關係，胡適曾說：「要怎麼收穫，就要怎麼栽」，辛勤耕耘的人的果實總是覺得特別甜美，而不勞而獲的人，他所栽種出來的果實，想必一定是充滿不實，不堪入口的。我們到底該如何讓耕耘的汗水洋溢在收穫的喜悅呢！

首先我覺得應該先從努力耕耘，而得到碩美收穫的人說起：從古到今、由中到外，多少人是從汗水中走過來而成功的，顯而易見的諸如國父孫中山先生，或者是傳統的神話故事「愚公移山」……等等，都寓意著努力耕耘的重要，如果覺得它值得的話就應該放下決心做下去，那麼就一定會有收穫；從國父孫中山說起，讓我們來想一想如果沒有他那前幾次失敗的耕耘，就不會有如此眾多的志士跟進，更別提今天的中華民國了。

愚公更是始終秉持著努力不懈的精神，最後也終於感動了神明，使他完成了移山的願望，雖然明知它只是一篇神話故事，但諸如此類的神話故事卻都含蘊著深遠的含義，等待我們去學習它、去實踐它，所以說了耕耘和收穫是成正比的，雖然它有時會來得慢一些，但卻一定會來。

俗語說：「耕耘是因，收穫是果。」耕耘與收穫是人生不可或缺的東西。從讀書，找工作，到友情與愛情等都要細心耕耘、努力，才有收穫。古人常說：「不經一番寒徹骨，哪來梅花撲鼻香。」都不努力，而妄想一步登天，是不可能成功的。

在人生的道路上挫折是必然的，所以我們應該要學習偉人的精神，積極上進，努力不懈，才能活出自己的一片天，人生好比是一塊農地，唯有細心耕耘、灌溉，才能得到最甜美的果實。

俗話說：「失敗也是我需要的，它和成功一樣對我有價值，只有在我知道做不好的方法以後，我才知道做好的方法是什麼。」耕耘與收穫是人生不可或缺的東西，唯有不斷耕耘，收穫到的果實才是最有價值的。

二〇一一年三月十二日刊載於《正義快訊》

節能減碳從我做起

今日伴隨著地球暖化、氣候變遷，人們對於節能減碳的環保意識日漸抬頭，環保運動已成為了地球公民的共同責任！推動「節能減碳」，響應四二二世界地球日，政府的呼籲，提出許多減碳節能的生活方式，藉由生活態度的改變，進而善盡一份身為地球公民的責任。每個人透過掃街、淨山、淨攤、騎單車、健行等活動響應，共襄盛舉，願意力行為下一代留下純淨的地球。

這個地球的危機真是愈來愈多了！我們才意識到環境污染嚴重，呼籲大家力行資源回收，省水省電節約能源，以步行或騎腳踏車減少碳足跡，沒想到全球糧荒達三十年之最的問題倏忽而至。

雖然台灣目前仍是物產豐饒的景象，但在全球經濟緊密相連的今天，我們不能不提高警覺：會不會有一天那爭奪有限食物的暴動情景，也在台灣出現？

其實，從地球暖化、天災頻仍，到環境污染、能源耗竭、物價上漲，皆是環環相扣，惡化的問題循環不已。這股狂瀾超乎個人能力所能挽回，我們只能相互提醒，要共同努力減緩其速度，深切反省過去如何予取予奪。

從個人生活來節能減碳，其方式比想像中多，做法也比想像中簡單，諸如餵母乳以減少從遠處運來的牛奶、奶粉的需求；少吃肉類減少對消耗大量穀物的需求；購買在地食材減少千里迢迢運輸而來的船來食品需求，均是節能減碳的方法。

生活中許多回歸儉樸自然生活的做法，都有著環保的具體實踐，例如像餵母乳，便宜健康又營養，且又環保；而使用布尿褲，可減少使用難被處理的紙尿褲。再以喝進口奶粉，或是在商店銷售的鮮牛奶而言，都要從製作成奶粉、瓶裝鮮奶到運輸至商店賣場，加上消費者消耗汽油在交通上，購買回家，喝完後鮮奶瓶、鮮奶盒、奶粉罐均成了垃圾，需要人力、機器處理廢棄物，每個環節的每一個步驟，都是浪費能源的例子。

慈濟功德基金會推出「疼惜大地、力行減碳三三三」的呼籲，宣導民眾生活中九種減少排放二氧化碳的方法，為下一代留下一個純淨的地球。慈濟功德基金會的呼籲，看來平淡無奇，但節能減碳可以靠每個人在日常平實生活中，減少一點個人的慾求，涓滴累積成可觀的成果。

目前學校推動的資源回收、回收水再利用、綠化植樹、無肉日、喝白開水、健行及自行車等具體作法，從每個人做起，減少碳足跡。

二〇一一年四月十五日刊載於《正義快訊》

給畢業班的同學們

光陰似箭，六年匆匆而過，小學的生涯就告一段落，六年生活的快樂將被時光帶走，它永久地被珍藏在每位同學的心中。不論何時，無論何地，永遠懷念正義六年來美好的時光。

回憶剛剛入學時的你，是一個幼稚的小孩，經過老師六年來教導，讓你們不斷的成長茁壯，從一個個子矮小的小孩，長大到今天一米多的少年。六年來老師對大家的關心無微不至，從拼音到作文，從加減乘除到如今的比例、解比例、幾何的學習。這許許多多的知識都是老師教給大家的，老師像蠟燭無私的燃燒自己，把無限的光明給了你們，給了你們許許多多的知識和做人的基本道理。

相信各位心中充滿的是對老師對同學的不捨與感激。感謝老師不辭辛勞的教誨；

感謝週遭的朋友，感謝他們讓我知道了珍貴的友誼，協助成長。畢業了，帶著自己的夢想，帶著對母校的留念，帶著給大家衷心的祝福，一起充滿自信地，走向新的學習旅程。

即將和學校說再見，和朝夕相處的同學們、知己知彼的朋友說再見了，校長期望今日你以學校為榮，明日學校以你為榮。各位即將踏上另一個學習歷程的畢業同學們，在此時校長謹以秉持誠實正義做人，凡事堅持目標，永不放棄送給畢業的同學們，實實在在做人，不斷充實自己，腳踏實地的學習，堅持到底，永不放棄，必能實現夢想成真的喜悅。

畢業同學能有今天的你，應感謝父母養育之恩，師長的教誨，以及同學朋友的鼓勵支持，時時心存感恩與惜福。尤其身處在快樂溫馨的學習園地，政府提供優渥的福利措施，更應該知所感恩惜福。希望將來有成就時，能夠回饋國家社會，貢獻心力。最後祝福各位鵬程萬里，順利成功！

二〇一一年六月十五日刊載於《正義兒童》第十一期

陪孩子一起讀報

在這文明的社會中，我認為每一個人也必須讀報紙。讀報紙可以讓我們跟上潮流，不會跟時代脫節，更可以擴闊視野呢！不但如此，讀報紙可知道更多的世界及國內大事。但有些人卻認為看新聞也一樣可以知道一些重要的世界大事；其實這是一個錯誤的觀念，看新聞固然可以了解世界大事，可是新聞報導並沒報紙那麼詳盡和深入。報紙會把一些重要的時事新聞報導得特別詳盡，時間、地點、人物、起因、內情也會報導得一清二楚。不讀報紙會令人有一種和世界產生隔膜的感覺，令生活變得枯燥無味；不能和別人溝通，所說的話題總跟時代脫節，令身邊的友伴迅速減少呢！

因此本校自本學期起，推動班級讀報運動，高年級以《人間福報》及《國語日報》，中低年級以《國語日報》為主。希望各班善用現有資源，透過教師的引導與教學策略，讓孩子讀報後實施多元的分享活動與交流，如新聞摘要、看圖說故事、擔任小主播、心得報告、製作小報、剪貼等，當孩子在家製作時，希望父母陪著一起做，達到親子共讀效果。尤其《人間福報》更是品德教育最好的教材，讓孩子從小建立正確的品格素養。

讀報的好處很多，可以吸收新知，開拓孩子的視野，提昇自己的語文能力，培養更好的作文技巧，寫出令人讚嘆的佳作；培養創意思考與解決問題的能力。期望各位家長多多給予鼓勵和肯定，以達到讀報運動的目的。

二〇一一年十月十五日刊載於《正義快訊》

釀文學124　PG0850

收穫的喜悅
——陳順德散文集

作　　者　陳順德
責任編輯　黃姣潔
圖文排版　郭雅雯
封面設計　王嵩賀

出版策劃　釀出版
製作發行　秀威資訊科技股份有限公司
114 台北市內湖區瑞光路76巷65號1樓
電話：+886-2-2796-3638　傳真：+886-2-2796-1377
服務信箱：service@showwe.com.tw
http://www.showwe.com.tw
郵政劃撥　19563868　戶名：秀威資訊科技股份有限公司
展售門市　國家書店【松江門市】
104 台北市中山區松江路209號1樓
電話：+886-2-2518-0207　傳真：+886-2-2518-0778
網路訂購　秀威網路書店：http://www.bodbooks.com.tw
國家網路書店：http://www.govbooks.com.tw
法律顧問　毛國樑　律師
總 經 銷　聯合發行股份有限公司
231新北市新店區寶橋路235巷6弄6號4F
電話：+886-2-2917-8022　傳真：+886-2-2915-6275

出版日期　2012年11月　BOD一版
定　　價　270元

國家圖書館出版品預行編目

收穫的喜悅：陳順德散文集 / 陳順德著. -- 一版. -- 臺北市：釀出版, 2012.11
面； 公分. --（釀文學；PG0850）
BOD版
ISBN 978-986-5976-83-5（平裝）

855 101020734

讀者回函卡

感謝您購買本書，為提升服務品質，請填妥以下資料，將讀者回函卡直接寄回或傳真本公司，收到您的寶貴意見後，我們會收藏記錄及檢討，謝謝！如您需要了解本公司最新出版書目、購書優惠或企劃活動，歡迎您上網查詢或下載相關資料：http:// www.showwe.com.tw

您購買的書名：________________________________

出生日期：________年________月________日

學歷：□高中（含）以下　□大專　□研究所（含）以上

職業：□製造業　□金融業　□資訊業　□軍警　□傳播業　□自由業

□服務業　□公務員　□教職　□學生　□家管　□其它______

購書地點：□網路書店　□實體書店　□書展　□郵購　□贈閱　□其他

您從何得知本書的消息？

□網路書店　□實體書店　□網路搜尋　□電子報　□書訊　□雜誌

□傳播媒體　□親友推薦　□網站推薦　□部落格　□其他__________

您對本書的評價：（請填代號　1.非常滿意　2.滿意　3.尚可　4.再改進）

封面設計____　版面編排____　內容____　文／譯筆____　價格____

讀完書後您覺得：

□很有收穫　□有收穫　□收穫不多　□沒收穫

對我們的建議：________________________________

____

____

____

請貼
郵票

11466
台北市內湖區瑞光路 76 巷 65 號 1 樓
秀威資訊科技股份有限公司　　收
BOD 數位出版事業部

……………………………………………………………………………………

（請沿線對折寄回，謝謝！）

姓　　名：____________　年齡：________　性別：□女　□男

郵遞區號：□□□□□

地　　址：________________________________

聯絡電話：(日) ______________ (夜) ______________

E-mail：________________________________